LA TRAICIÓN

JORGE
FERNÁNDEZ DÍAZ

LA TRAICIÓN

Planeta

Fernández Díaz, Jorge
La traición / Jorge Fernández Díaz. - 6a ed. - Ciudad Autónoma de Buenos Aires : Planeta, 2021.
256 p. ; 23 x 15 cm.

ISBN 978-950-49-7162-7

1. Narrativa Argentina. I. Título.
CDD A863

Publicado bajo el sello Planeta®
Av. Independencia 1682, C1100ABQ, C.A.B.A.
www.editorialplaneta.com.ar

Diseño de cubierta: Departamento de Arte de Grupo Editorial Planeta S.A.I.C.

6ª edición: enero de 2021
5.000 ejemplares

ISBN 978-950-49-7162-7

Impreso en Latingráfica,
Rocamora 4161, Ciudad Autónoma de Buenos Aires,
en el mes de enero de 2021

Hecho el depósito que prevé la ley 11.723
Impreso en la Argentina

Este libro le debe todo a Verónica Chiaravalli,
con quien convertimos la larga cuarentena del 20
en una maravillosa luna de miel y
en un gran laboratorio literario.

I

LA SEÑORA 5

La primera vez que veo en vivo y en directo a Sebastián Bonet es durante la ceremonia del Bicentenario de la Independencia. Se codea, a pura sonrisa, con el Presidente de la Nación en el palco de honor del Campo de Polo. A esa hora de la tarde, recibimos un alerta en la "cápsula" y se le sugiere al jefe máximo que abandone el lugar. Anuncian por altavoces que se retira, él devuelve los aplausos con la mano en alto y nosotros lo acompañamos hasta el helicóptero blanco con los pelos de punta. Luego nos enteramos de que el repliegue se debió a un incidente en el desfile callejero, sobre la avenida del Libertador: la policía detectó algo raro y detuvo a un tipo que intentaba sumarse a la marcha de los excombatientes de Malvinas. El sospechoso aparenta sesenta años, se coló en un grupo que tenía el acceso autorizado a la cancha de polo y porta una Ballester Molina 11.25. Hacen falta seis para reducirlo, porque es muy bravo. Más tarde la Señora 5 quiere saber de quién se trata; le informan que es un exmilitante del ERP que recibió entrenamiento en La Habana, que participó en atracos y atentados con explosivos, y que fue capturado y puesto a disposición del Poder Ejecutivo diez meses antes del golpe de 1976. Pasó nueve años en distintas cárceles, y tiene, como cualquiera de nosotros, problemas psiquiátricos. La Ballester Molina está oxidada y con ella no habría podido cargarse a ningún paisano, pero al menos le abren una causa por portación de armas de guerra. El tipo se llama Bublik y le dicen el Ruso. No le pueden sacar una palabra, y eso que los muchachos lo trabajan a fondo tres noches y dos días. Buscan un magnicida verborrágico y una conspiración, pero al final únicamente consiguen a un infeliz silencioso con una herramienta inútil, un lobo solitario sin dientes destinado más al loquero que a la historia.

Bonet no se entera de este zafarrancho de combate: apenas el Presidente sale de escena, el senador recula hasta la salida estrechando manos y besando niños, y se va a almorzar a su casa de Highland Park. En el campo suena la banda musical de la Agrupación Acuartelamiento Aéreo de Getafe. Tocan "Que viva España". Los colaboradores especiales de la Casa Militar permanecemos hasta el último compás de la jornada y después nos encargamos de sacar al Jefe de Gabinete. A las cuatro quedamos liberados, y nos tomamos unas cervezas en la Costanera. Cae el sol sobre el río, se termina el día y, por ahora, no ha muerto nadie.

La segunda vez que veo a Bonet es en la terminal de Buquebus cuando él intenta abrazar a su esposa y ella le da un empujón tan fuerte que por poco no lo sienta de culo. Se llama Carina, es licenciada en Ciencias Políticas y madre de dos abogados y una psicóloga: lleva el pelo corto y negro, y unos anteojos intelectuales que resaltan fuertemente sus ojos claros. Una mujer refinada y a lo mejor un tanto sufrida, que alguna vez fue delgada y a quien un cirujano le agregó últimamente algunos centímetros en la zona del pecho y un toquecito que le suaviza las patas de gallo, aunque todo sin exagerar y con buen gusto. La Señora 5 la reconoce como una "mina inteligente" pero eclipsada por la fama de Bonet. Cálgaris y yo comparecemos muy temprano en su nueva oficina de 25 de Mayo, y oímos de Beatriz Belda los detalles del problemita que se suscitó anoche en un hotel cinco estrellas de Uruguay. Mientras lo cuenta, Beatriz trota sin transpirar en su cinta. No quiere que intervengan ni la Agencia ni la Cancillería, y lo ideal es ver si se puede apagar la mecha antes de que todo salte por el aire. Bonet estaba en Europa, pero ya sacó un pasaje de regreso; su mujer trató de asesinar a su propia hermana empujándola por la escalera. La frustrada homicida está en una celda de la única seccional y su víctima, en el sanatorio regional y con pronóstico reservado. Todavía la prensa grande no picó, a pesar de que el chisme corre rápido por el pueblo, pero un periódico zonal ya publicó un suelto de último momento. Es cuestión de horas.

No hace falta que Belda nos explique lo importante que Bonet es para este gobierno; los analistas políticos lo califican como "la pata progresista" del proyecto: un referente de la centroizquierda que ejerce desde afuera una fiscalía republicana y extiende un certificado moral, y que además garantiza la gobernabilidad coqueteando con Balcarce 50 y quitándole, a cambio, fondos y prebendas para sus hombres y su partido. Bonet merece nuestro mayor esfuerzo. Llevo a Cálgaris hasta el aeroparque y lo pongo en un avión a Montevideo: el coronel se encargará del Poder Judicial y las altas esferas, mientras que yo me subiré a un ferry y me ocuparé de desembarcar en el terreno raso. Se trata de una operación rutinaria para nosotros, un reflejo de los viejos y buenos tiempos, solo que ahora estas faenas clandestinas de limpieza se cumplen a pedido de la Señora 5. La reforma de todo el Sistema Nacional de Inteligencia y la designación de Belda en el cargo más alto modificaron un mecanismo fundamental de ese organigrama invisible: la Casita perdió toda autonomía y pasó a funcionar como agencia paralela bajo las órdenes exclusivas de la gran dama. Y a espaldas del Presidente, que no tolera ese tipo de artimañas, aunque se beneficia indirectamente con ellas. La reforma buscó iluminar los sótanos de los servicios y la Comisión Bicameral fiscaliza como nunca las nuevas tareas de la Central, de modo que Beatriz se maneja como una santa impoluta ante los legisladores y la opinión pública, pero íntimamente se cree muy por encima de la ingenuidad presidencial, tiene una actitud paternalista con su petit comité, toma decisiones de alta política sin consultar y se reserva para sí el privilegio de utilizar la Casita en esa clase de maniobras alternativas. La Jefatura de Gabinete observa a Belda con suspicacia, como si ella siempre estuviera a prueba y sin sospechar siquiera la existencia de la base Chacabuco. La estructura oficial de la AFI mira para otro lado porque es gente muy curtida y no quiere pisarle los callos a la persona equivocada. Leandro Cálgaris fue uno de los "cerebros" de esa perestroika, y es un asesor influyente en la corte de la nueva reina. A pocos les gusta meterse con ese geronte peligroso que ya debería haber pasado a cuarteles de invierno, pero que siempre se las arregla para caer bien parado.

El hotel resulta fastuoso y no guarda la menor proporción con esa ciudad modesta; todos saben que es fruto del lavado de los años 90, aunque ya cambió varias veces de dueño. El gerente estudia mi carnet de la Policía Federal Argentina y me cuenta todo lo que le dijeron al comisario y a la jueza de turno: Carina y Florencia Fabrisi se alojaron en un dúplex con vista a un bosque de pinos y eucaliptos; jugaron tenis, usaron la pileta y el spa, y cenaron varias noches a solas en un restaurante que hay a dos kilómetros de ruta y campo. Nada llamó demasiado la atención del personal, salvo que las hermanas parecían siempre enfrascadas en largas conversaciones, y que al comienzo se reían mucho, que luego las oían discutir en voz baja pero tensa, y que al final cada una parecía andar por su lado, como si estuvieran disgustadas. Las empleadas que aseaban la habitación de dos pisos encontraban cada mañana muchas botellitas de whisky vacías en el cesto de la basura. La otra noche, tardísimo, un camarero vio a Carina fumando a solas en una terraza y se le acercó para preguntarle si se sentía bien y si deseaba algo: la mayor de las Fabrisi lloraba a moco tendido. Un miembro del equipo de mantenimiento creyó oír gritos e insultos cuando, doce horas más tarde, atravesó el parque para arreglar un desperfecto en la instalación eléctrica. Y una de las chicas de la conserjería, la verdadera testigo de cargo, declaró que Florencia subió al primer piso donde está la biblioteca y que poco después apareció en la recepción su hermana con mala cara y fue a buscarla con zancadas enérgicas. Empezaron a levantar el tono, aunque la chica no puede reproducir los términos de la disputa, y entonces Carina gritó "¡Hija de puta!" y Florencia rodó por las escaleras y cayó dando tumbos, como si fuera un muñeco. "Estaba torcida, inconsciente, creímos realmente que se había roto el cuello", dice el gerente, y yo tomo nota. Carina se quedó en lo alto unos segundos, y después bajó corriendo, como loca, abrazó a su hermana y trató de reanimarla mientras pedía que llamaran a un médico. Llamaron a una ambulancia y a un patrullero.

Visito el sanatorio y me recibe cordialmente su director. Es verdad, los uruguayos son argentinos mejorados. Mientras no sea periodista, poco le importa si pertenezco a la Federal o al MI6. Traumatismo craneal leve con pérdida del conocimiento y lesiones musculares. Recuperó la conciencia, pero la tienen con analgésicos y bajo observación, y le están haciendo varios estudios; presumen una lumbocitalgia traumática con compresión radicular. Tuvo suerte, pero tardará en recuperarse y experimentará unos dolores horribles. El vigilante que monta guardia en la puerta de Terapia me impide el paso. Voy caminando hasta la seccional y pido una entrevista con el taquero. Tengo que esperarlo un largo rato en ese destacamento bien pintado y mal provisto donde nunca pasa nada, pero donde ahora suenan los teléfonos, van y vienen los zumbos y se percibe en el aire un nerviosismo general. Afortunadamente, el coronel me avisa por Whatsapp que el subsecretario de Interior llamó al comisario para que no exagerara y para que me llevara el apunte. Y que le están dando una mano en la Suprema Corte, porque la jueza es un poco testaruda y mandada. Me pregunta si los cuervos sobrevuelan. "Por ahora no vi ningún corresponsal, pero estarán al caer", le respondo. "Apurate", me ordena.

El cacique finalmente me hace a pasar a su cubículo. Es un gaucho regordete con un bigotazo gris; no convida su mate amargo, pero me informa los progresos. Carina Fabrisi de Bonet está hasta las manos y necesitaría más un abogado que un cana. La jueza decidirá en cuarenta y ocho horas si es accidente, agresión o intento de homicidio. Por supuesto, ya sabe que la rea es la esposa de un senador argentino, y la trata con cierto tacto. Está incomunicada, pero yo puedo visitarla extraoficialmente, dadas las directivas de la superioridad. La visito en su celda de dos por tres, y nos dejan solos. Tiene hinchados los párpados y las mejillas de tanto llorar, pero no parece desesperada. Le ofrezco un cigarrillo y la escucho: vinieron a festejar el cumpleaños de Florencia, un viaje de hermanas que se debían desde hacía mucho tiempo. Estuvieron repasando toda su vida, la infancia feliz, los novios de la adolescencia, las cosas de la familia. Florencia no se casó ni tuvo hijos, lo que para sus padres equivalía al fracaso más rotundo. "Ella me empezó a recriminar que fuera tan egocéntrica y perfectita, con un nivel de celos que a mí me dejó con la boca abierta —dice exhalando una columna de humo—. Se pudrió todo, y empezamos a pasarnos facturas y terminó en un desastre. Flor estaba histérica y se cayó como una bolsa de papas. Me cuentan que está bien, gracias a Dios". Sonrío porque le reconozco la sangre fría, y le explico que le conviene decirme la verdad. "¿La verdad? —me devuelve después de veinte segundos—. Vaya y pregúntele a ella. Es la que tiene que dar las explicaciones".

Le hago caso, no porque le crea sino porque nos corre el reloj y es necesario tomar todos los atajos posibles. El comisario duda, pero al final llama al director del sanatorio y este me franquea el paso. Florencia Fabrisi es más joven y más armoniosa que Carina; se nota que ha puesto mucho más empeño en su figura, aunque luce unas arrugas marcadas y unas ojeras lúgubres. Está acostada y prendida a una bolsa de suero, y tiene un moretón en la nariz y otro en el cogote. Los calmantes no le impiden enfocarme con interés ni escucharme con curiosidad. Sabe que su hermana está presa y comprende que urge sacarla antes de que llegue la televisión. Cierra los ojos unos instantes y suspira, como resignada, y me dice en un susurro que Carina es inocente. "Quiso matarme —agrega a continuación, y casi me electrocuta—. Pero con toda la razón del mundo". Le rueda una lágrima densa por la cara; la grabo con el celular mientras me describe los hechos. La cuñada de Bonet es además su asesora jurídica en el Honorable Senado de la Nación. Empezaron a trabajar juntos, muchas veces de noche, y a viajar a distintas provincias por asuntos del Parlamento y del partido. Sebastián es un gran seductor de masas, de intelectuales y de artistas; sedujo también a la hermana de su mujer. Fue algo progresivo, casi sin darse cuenta. Se dejaron llevar. Y comenzó un larguísimo romance clandestino y doloroso para Florencia, un calvario de culpas pero a la vez una montaña rusa de excitación prohibida y complicidades. Carina empezó a sospechar que Sebastián tenía una amante y lo hizo seguir por un detective, pero no consiguió nada. La única acompañante fiel del senador era su hermana; ni se le pasaba por la cabeza sospechar de ella. Pero un día la mayor pescó la mirada de la menor en un asado familiar, y a la semana siguiente se apareció de sorpresa en el despacho de Bonet y descubrió que había salido a almorzar con su hermana; los alcanzó y comió con ellos, que estaban locuaces e incómodos. Y entonces presintió lo peor, pero fue incapaz de encararlos ni de contárselo a los demás. Se sentía avergonzada, indignada y, a veces, dubitativa: ¿no estaría, a fin de cuentas, viendo fantasmas, siendo un poco paranoica? "Yo intuí lo que pasaba, la conozco mucho —dice Florencia mordiéndose un labio—. Traté de dejar a Sebastián seis o siete veces. Se lo juro. Pero la piel es una perdición. Carina empezó a insistirme con estas vacaciones juntas, quería sacarme de mentira verdad, y después pegarme un tiro". Pero no podía pasar un fierro por la aduana y al final improvisó: usó los escalones bajo emoción violenta. "Fueron días negros —suspira—. Y yo no tengo perdón".

Mientras camino de regreso a la seccional hablo con Cálgaris y le anticipo que todo se arreglaría con una declaración inmediata de Florencia Fabrisi: dirá bajo juramento que discutían por huevadas y que se resbaló. El coronel no pierde un minuto, corta para volver a llamar a alguien. En la vereda de la comisaría hay un fotógrafo y dos nabos con anotadores. El taquero ya ha sido instruido para mantenerlos en ascuas, pero una llamada de Montevideo lo persuade de poner la jeta e informar que no tiene a la señora Bonet en calidad de detenida sino apenas demorada en averiguación de un accidente doméstico. La declaración desinfla un poco la expectativa mediática, aunque al atardecer ya los nabos se multiplicaron por cuatro. A las nueve en punto, la jueza ordena liberar a Carina Fabrisi, y la cana me permite sacarla por la puerta de atrás, meterla en un remise, conducirla a la terminal y subirla a un Buquebus. Acomodada en primera, mirando el horizonte de espumas, Carina dice: "Mis viejos fueron muy duros con mi hermana, todo el tiempo me ponían como ejemplo, la ignoraban a Florencia. Eso resintió todo entre nosotras. El vértice de la familia era yo, el escenario del encuentro era siempre mi casa, y la mayor tenía todo: plata, hijos, esposo, respeto y veneración paterna. Flor no se estaba cogiendo a Sebastián. Créame. Nos estaba cogiendo a todos nosotros, principalmente a mí". El psicoanálisis está hundiendo a Occidente.

A pesar de esa indulgencia melancólica, cuando Carina Fabrisi se encuentra con Bonet en la terminal de Buenos Aires y el senador trata de consolarla con un abrazo, ella lo empuja con la misma fuerza e intención con que arrojó a su hermana por aquellas escaleras. El progresista no cae de culo ni de nuca porque lo agarro a tiempo del brazo y lo sostengo en el aire. Ángel de la guarda, dulce compañía, no me desampares ni de noche ni de día.

La tercera vez que veo a Bonet es en un reservado de Los Rojos, restó bar de San Telmo que le pertenece y que celebra los símbolos universales de la izquierda. Hay fotos del Che y de Fidel, y también piezas de museo que recorren la iconografía revolucionaria de los años 70. Parece que Perón era socialista y que Lenin era argentino. El menú tiene platos alusivos: el caldo Neruda (con mucho pescado), el arroz Mao (con carnes salteadas en aceite) y el escabeche Carlos Marx (con remolacha y pepinillos). Pero también hay sitio en las paredes para el eurocomunismo y para los diversos payadores del progresismo cultural. Suena Patxi Andión y en la penumbra de las mesas se divisan rostros conocidos: políticos de rosca y actores de porro. El reservado es un compartimento ferroviario, tiene puerta con vitrales y dibuja los perfiles contrapuestos de Evita y La Pasionaria. Nadie molesta al anfitrión que celebra en esa cabina insonorizada sus almuerzos y cenas de trabajo. Parece una invitación en agradecimiento por los servicios prestados, pero en realidad el senador quiere charlar con la dama y el coronel sobre un asunto de política y negocios. Antes que nada le ordena al mozo una "brandada de bacalao Mitterrand", a modo de entrada compartida, y me hace un reconocimiento especial con el aperitivo en alto por la delicadeza con que traté a su mujer y a su cuñada. Es un hombre largo de pelo tupido peinado hacia atrás, barba entrecana y anteojos con montura de metal dorado. Un caballero que se mantiene en forma y que tiene una elegancia catalana o francesa. Vivió su exilio en Barcelona y en París, se distanció del peronismo revolucionario sin volverse gorila y comenzó a formatear su heterodoxa Arca de Noé. Su discurso suena envolvente, aunque Belda no se deja envolver por nada. El coronel le habla del arte soviético, y se pronuncia contra el inconformismo abstracto, algo que ni la Señora 5 ni un servidor alcanzamos a comprender, pero que los tiene un rato entretenidos. Conversan entonces sobre Arkady Rylov y los azules del mar y las gaviotas, y a mi turno pido un "Tartar de ternera Julio Cortázar". A Belda le molesta quedar al margen, y Cálgaris lo sabe; por eso la tortura con secreto regocijo. Finalmente, ella retoma la iniciativa y pregunta directamente a Bonet quién es su principal interlocutor en el gobierno. El senador menciona a un ministro, y hasta lo elogia, pero a continuación prueba el vino como si fuera un sommelier y vuelve a mirar a Cálgaris con sorna:

—Sé que en los 70 rápidamente lo destinaron a la red europea de espionaje y no tuvo que ensuciarse las manos.

—Mandé varios informes sobre sus ingeniosas ocurrencias en la Campaña Antiargentina —se ríe Cálgaris, y bebe un sorbo de su whisky doble.

—Se salvó por un pelo de mi guillotina, coronel.

—Y usted de la mía.

Bonet fue uno de los principales lobistas internacionales contra la dictadura y más tarde, una figura central para el enjuiciamiento de los milicos. Con el correr de los años, ejerció la persecución justa (*Le Monde* lo llamó "El Wiesenthal latinoamericano"), organizó marchas de presión pública, articuló acciones penales, participó en purgas castrenses y recibió premios en los Estados Unidos. Es un héroe indiscutible aunque tiene críticos severos entre los mismos organismos de derechos humanos y en el interior de los partidos mayoritarios: algunos lo acusan de personalista y de hacer política partidaria con un tema tan sensible, y otros de ser vengativo, apretando a los jueces para que los encausados no sean tratados con la mínima humanidad. "Este inquisidor de la *gauche caviar* hace un paradójico macartismo al revés —lo fustigaba hace unos años un furioso disidente de su propia fuerza—. Para terminar con la antropofagia se come al caníbal".

—También tengo su expediente de Malvinas —me dice, y se quita los anteojos para frotarse el puente de la nariz—. La Cruz al Heroico Valor y luego todas esas condecoraciones de Inteligencia.

—Supongo que tampoco se ha privado de leer sus causas abiertas —ironiza Cálgaris.

—Abiertas y convenientemente cerradas —replica, y nos observa a los tres como a un cuadro—. Sé lo que hicieron el verano pasado. Todos juntitos y en la Patagonia, coronel, y por supuesto, soy un admirador incondicional de madame Belda.

Choca su copa con el vaso de Blue Label y Beatriz le corresponde el elogio con una sonrisa astuta, achicando sus ojos y echándole un vistazo en diagonal. Bonet se da cuenta de que se quedó corto y, mientras traen los platos principales, le recuerda algunas operaciones legendarias que se comentan en los corrillos del Congreso. BB come como un pajarito, y no parece conmovida por el homenaje; se permite incluso corregirle algún dato fantasioso. Fue una armadora genial y una operadora maquiavélica, pero ahora es la Señora 5, y así como no le interesa el arte tampoco le interesa el pasado, y eso incluye la manera en que simuló ser despedida de la Casa Rosada, se ganó la confianza de un gobernador patagónico de la temible liga opositora y lo destrozó desde adentro hasta lograr su destitución. Aquella traición en la que estuvimos involucrados no significa mucho para Beatriz, que nunca maneja con el espejo retrovisor ni se muestra complaciente con sus propios logros. No es que sea humilde, sino que su ambición no la deja en paz.

—¿Sabe lo que el ministro no termina de entender? —le pregunta Bonet—. Que no acuso peso en la balanza, que no soy digno rival en las urnas.

—Hoy —elogia ella.

—Ni hoy ni por mucho tiempo, Beatriz. Seamos serios. Puede concederme privilegios con la tranquilidad de que mi proyecto es a lo sumo para el mediano y largo plazo. Y que no está fortaleciendo al gran enemigo mortal.

—Te dieron la presidencia de comisiones parlamentarias muy importantes —lo tutea Belda—. Y tus intendentes tienen acceso fluido a la caja y a las obras.

—Chirolas —rechaza—. Aportes de supervivencia a cambio del enorme esfuerzo y la paciencia que pongo para dar quorum y acompañar algunas de esas leyes de derecha. Mis votantes tragan sapos cada semana.

—No es lo que dicen las encuestas —retruca Beatriz sin pestañear—. La mayoría de tus votantes son críticos de este gobierno, pero valoran que vos no seas rupturista ni pongas palos en la rueda.

—El núcleo duro me acusa de tibio; en un año me acusará de cómplice.

El tartar es delicioso y viene sobre un colchón de papas fritas cortadas en láminas. Cálgaris se rasca el bigote amarillo e interviene:

—¿Y qué regalo le niega el ministro, si se puede saber?

Bonet deja los cubiertos y mira a BB: es evidente que solo a ella la reconoce como interlocutora.

—Hablemos con franqueza, Beatriz —le dice para colmo—. No nos alcanza con ser un partido testimonial. Los liberales tienen plata por cuna o por negocios privados, y los peronistas van por el botín del Estado y son casi todos ricos. Nosotros somos pichis, no mojamos en ningún lado.

—¿Y dónde le gustaría mojar? —le insiste Cálgaris, mientras corta con cuchara un trozo de cochinillo que celebra a Paco Ibáñez.

El senador hace una pausa y se mira las uñas.

—Necesitamos inserción popular —responde, pero de inmediato levanta la vista y la clava de nuevo en BB—. No tenemos vocación de partidito de clase media. Dispongo de algunos créditos internacionales para acción social, una fundación prestigiosa, varias universidades, una agrupación piquetera y algunos gremios afines. Me faltan una o dos compañías que ganen licitaciones "tuneadas", nos remolquen y nos den consistencia financiera.

—¿Y por qué confiaría en mí después de la fama que tengo? —se ríe Belda, y le pide al mozo que le traiga otro whisky.

—El coronel tiene una habilidad exquisita para financiarse con empresas afines, y no es el único caso en el mundo de los servicios —dice Bonet, que ya ha abandonado la comida y ahora anda con pies de plomo—. Pero efectivamente nunca correría el riesgo de que me ayudara para destruirme. La historia enseña.

—¿Entonces? —se extraña la Señora 5 y encaja un cigarrillo en su boquilla.

Bonet le da fuego con un Ronson de oro.

—Si convence al Presidente, puedo compartir utilidades con usted, madame —dice por fin.

Ofrece a Balcarce 50 un trato de doble cerrojo: no puedo denunciarte sin denunciarme a mí mismo. Tablas. La cena se extiende y deriva en una suave tormenta de ideas, aunque los tres parecen estar jugando al Monopoly. Cálgaris pide, para el postre, un "halva Jean Paul Sartre": pasta de sémola con almendras. Suena "La Muralla" de Quilapayún. El pueblo unido jamás será vencido.

La última vez que veo a Sebastián Bonet es en un canal de noticias: las imágenes a repetición lo muestran sin vida sobre una camilla que cuatro bomberos trasladan a paso vivo; el helicóptero de campaña en el que se movía se precipitó a tierra en La Pampa y los tres ocupantes están muertos. Es un Bell-407 y los periodistas, grandes expertos en máquinas voladoras, ya se dividen entre los que creen que hubo una evidente falla humana y los que están seguros de que se trató de un desperfecto. Hay conmoción y pena en el mundo de la política y dentro de la colonia artística; el Presidente escribió un párrafo en Facebook lleno de alabanzas y dolor.

Transcurrió un año entero desde aquella cena en Los Rojos, y Cálgaris no está muy seguro de que Belda haya pasado efectivamente el mensaje. Lo único cierto es que el "trato de doble cerrojo" nunca tuvo lugar, que Bonet consiguió el respaldo de dos constructoras truchas vinculadas a una provincia del noroeste y que se proponía fabricar casas populares. Sueños compartidos. El coronel investigó por curiosidad cómo funcionaba el flujo de fondos: la fundación es una aspiradora de préstamos girados por organismos humanitarios y tiene el apoyo de compañías que han crecido a la sombra de un gobernador con cuentas secretas en Islas Seychelles. Bonet se buscó provisoriamente otro padrino de menos quilates, el kiosco es de dimensiones más modestas, pero así y todo implica montar un circuito y armar un arranque.

—Me sorprende la audacia —confiesa el coronel—, sobre todo para un denunciador serial de corruptos.

—Selectivo —lo corrige BB—. Un denunciador selectivo: se rasgó siempre las vestiduras cuando la derecha era la que metía la mano en la lata. Cuando lo hacía la izquierda, era más perezoso.

—Una cosa es depredar y otra muy distinta es cobrar el impuesto revolucionario —ironiza—. No hay que razonar según la moral burguesa.

—De todos modos le concedo que fue una jugada audaz —acepta Belda, pensativa—. Una mancha más no preocupa al tigre, pero un puntito de grasa en el guardapolvo blanco del mejor alumno se nota a diez kilómetros y lo arruina todo.

—El gobernador es lejano, pero sigue formando parte de la coalición —le advierte Cálgaris—. No se puede denunciar a Bonet sin sacrificar al aliado.

—Los buenos y los malos: en este país todos están hasta las pelotas, coronel, solo faltaba el héroe moral —sonríe, y se encoge de hombros—. Y vamos a ver, al final del juego, quién sacrifica a quién.

Descubrimos a la Señora 5 de riguroso luto en el cementerio de la Recoleta, despidiendo los restos del prócer. Beatriz es baja y durante estos meses se dejó crecer un poco el pelo; tiene una melena blanca, discreta y lacia que apenas le llega hasta la mandíbula. Cuando abraza a Carina Fabrisi descubro que la viuda le lleva una cabeza, y que no le evita una mirada de fondo. Los camarógrafos enfocan a la familia de Bonet, pero Florencia no acudió al entierro. Durante cuarenta y ocho horas hubo largas filas para decirle adiós al progresista, que fue velado con todos los honores en el Salón Azul del Congreso. Y una multitud espera en la plaza; llantos y cánticos, y un grupo que entona la Internacional. Ya se sabe que el senador fue víctima de un problema mecánico. El informe técnico preliminar detectó una "avería en uno de los cuatro servoactuadores" del helicóptero: el encargado del movimiento lateral estaba bloqueado; la tuerca y el eje internos permanecían desajustados y al darse cuenta de que los mandos no respondían y perdía maniobrabilidad, el piloto intentó una táctica de emergencia. Los peritos afirman que voló setenta metros y experimentó un cambio brusco en la trayectoria justo antes del impacto.

—Ni el más paranoico de la Agencia piensa que haya sido otra cosa que un accidente —dice Beatriz al día siguiente corriendo en su cinta.

—Tiene que creerles —le recomienda Cálgaris—. En este edificio lo que sobra es paranoia.

—¿Una tuerca y un eje desajustados? —Arruga el ceño—. No me cierra. ¿Justo cuando el héroe pisa el pantano, cuando la mujer lo descubre fifándose a su hermana? Demasiados enemigos para una tuerquita.

—Podemos hacer una lista —avisa Cálgaris llenando la cazoleta de su pipa—. Pero si convocáramos a todos los que odiaban al senador, la fila daría diez vueltas al Cabildo.

—El juez es tan boludo como el Presidente, y tiene tanto apuro para cerrar la causa como el Señor 8 y sus muchachos. Quiero que trabajen esa hipótesis de manera independiente y con mucha prudencia. Quiero saber quién mató a Bonet.

La lista ya fue confeccionada por la Dirección de Reunión Interior, y Cálgaris se hace de una copia. La encabezan cerca de mil dinosaurios que están condenados por las peores razones; tipos peligrosos y sanguinarios, con familiares cargados de resentimiento. Páginas y páginas de nombres y domicilios y consideraciones. Es un conjunto inabordable. A continuación vienen los militares y los policías que fueron purgados de las distintas fuerzas, algunos por ligazones remotas o por mera portación de apellido. La tarea está incompleta: también podríamos agregar en este caso parientes y amigos cercanos. Quinientos de los detenidos por delitos de lesa humanidad murieron en prisión. Hay un apartado con exjerarcas que amenazaron o denunciaron en el fuero penal cierto ensañamiento por parte de Sebastián Bonet, y unos cincuenta más que hicieron lo propio con otros luchadores de los derechos humanos. Un nazi de la provincia de Buenos Aires es sospechoso de la desaparición de un testigo. Bonet, en efecto, tiene más enemigos que el mandamás de la Casita, lo que es mucho decir. La nómina se completa con divagues de servicios: rivales políticos, dirigentes que se beneficiarían con su salida de la escena, y cosas así. Agregamos, por nuestra cuenta, los nuevos socios comerciales, el piloto y el custodio del senador y, por supuesto, las hermanitas Fabrisi. El coronel pide también a sus colegas los cruces de llamadas de su celular, los mensajes de Whatsapp y las pericias de su tablet y su netbook, y pregunta confidencialmente si alguien lo tenía pinchado. Nadie en la línea. Y, que se sepa, nadie en la Federal ni en la Bonaerense. Llama a Palma y con la autoridad que le otorga ser uno de los dueños secretos de ese emprendimiento marginal y privado, le requiere una respuesta sincera: ¿algún hacker de la Cueva fue contratado para espiar a Bonet? Palma jura que no, pero conoce la historia del padrino y tira una idea: todo gobernador cuenta con un ministerio o una dirección de Seguridad. Cálgaris le ordena que les rompa el cortafuegos y verifique si en el noroeste lo estaban escuchando. Tarda doce horas en confirmarle que sí. El coronel pide una audiencia con el gobernador, fotocopia los carpetazos inactivos que guarda en la Casita y vuela a celebrar un almuerzo de lo más pacífico. Regresa al día siguiente con las transcripciones de un mes entero. Lo espero con una novedad: el exgeneral de brigada Leopoldo Braña, que participó de la represión ilegal y fue responsable de la desaparición de militantes del Ejército Revolucionario del Pueblo, tuvo privilegios insólitos desde el comienzo de los juicios, y en algunas publicaciones trotskistas se acusa sin pruebas a Bonet por haberlo beneficiado en términos judiciales. El dato me lo facilita un amigo de Inteligencia Criminal de Gendarmería, pero buscando también lo encuentro en las redes sociales y en Google: le pido permiso a Cálgaris para contactarme con algún editor partidario, pero ordena que antes nos concentremos en las llamadas y en las mujeres. Nos abocamos todos a analizar el material, que es abrumador. A los tres días, Palma y yo acudimos con papeles y biblioratos al despacho del coronel, que escucha de fondo el piano de Oscar Peterson. Cálgaris está en mangas de camisa, con sus tiradores, su corbata de seda verde, su alfiler y sus gemelos de oro. Palma, en contraste, lleva el pelo revuelto y grasiento, y una remera de *The Walking Dead* donde aparece un zombi lamiendo un fémur.

—No cualquiera puede hacer una operación de sabotaje de estas características —empieza el coronel barriéndonos con sus ojos glaucos—. Y mucho menos con un mecanismo tan complejo, en un hangar tan vigilado. Después de echarle una ojeada al material y de pensar un rato, tengo la misma impresión que el director general de Operaciones y que el jefe de Contrainteligencia: fue un accidente.

—Encontré este antecedente en un juzgado de Teruel —digo, y le alcanzo un documento—. Un Bel-407 que llevaba a una patrulla para sofocar un incendio forestal. Seis muertos y un herido. Al final se comprobó que no hubo sabotaje ni error humano: el bloqueo de uno de los servoactuadores es uno de los puntos débiles del aparato, los fabricantes ya mejoraron su seguridad, pero acá necesitaba un mantenimiento fino y los encargados de trasladar a Bonet no fueron muy cuidadosos.

Cálgaris me devuelve el documento y carga de nuevo su pipa. Pronto la oficina más alta de la base Chacabuco se llena de esa rara mezcla de cherry, una combinación de Virginia suave con un toque de Burley, que a Palma lo hace toser.

—La Señora 5 es caprichosa —dice el coronel, echándose hacia atrás—. Y nos quiere ver sudando la gota gorda. Pero segmentemos la información. La Agencia confeccionó una lista de helicopteristas y mecánicos.

—La tengo —asiente el hacker, y busca en un bolsillo un chupetín de Coca-Cola para defenderse de la tos y del tabaco.

—Quiero que la compares con nuestro listado —le explica el jefe—. Pero que sea un juego de dos pasos, a lo sumo de tres: en seis grados, todos tenemos vínculos con Madonna o con Putin.

—Investigué los reclamos de los laburantes —intervengo—. A solo siete meses de haber empezado las obras, Bonet ya tenía dolores de cabeza con la Uocra y con gente de los barrios. De los llamados se desprende que su piquetero de cabecera prometió trabajo y fondos de manera irresponsable, se quedó con algún vuelto y tuvo encontronazos muy fuertes con las constructoras.

—Y con Bonet —asiente Cálgaris—. El gobernador estaba alarmado por su amateurismo. Un progresista de salón timado por su propio puntero.

—Si le hubieran metido un tiro, ese puntero era fija, coronel. ¿Pero un sabotaje mecánico? Parece demasiado.

—Detesto darte la razón.

—Trabajar este camino supone un *killer* de película, y acá los sicarios son de cuarta. A lo sumo podríamos pensar en algún agente de un servicio extranjero, pero todo me suena forzado y traído de los pelos.

—El admirador de un contralmirante o el antiguo subordinado de un general —reflexiona Cálgaris en voz alta—. Los militares del Proceso también tienen militantes y admiradores.

—Y la mujer lo amenazó de muerte dos días antes —dice Palma, con una ingenuidad conmovedora.

—Es un mensaje en el contestador del móvil —agrego sin embargo, buscando la página subrayada con resaltador—. "Hola, Bonet, vos no te curás más. Destruiste a mi familia y volviste a cagarnos". Es la voz de Carina, se oye que llora. Y antes de colgar le avisa que lo va a pagar caro. Que lo va a pagar con la vida. No es técnicamente una amenaza de muerte.

—Pero se le parece mucho.

—Bonet no le responde. Prácticamente no hay diálogo telefónico entre ellos en las últimas cuatro semanas.

—Seguían viviendo juntos en Highland Park—. El coronel juega con el encededor de pipas.

—En cuartos separados —le confirmo—. Lo raro es que no aparezca ningún mensaje romántico o cachondo en su teléfono.

—Cuando trabajás con tu amante no necesitás exponerte tanto —dice Cálgaris, meditabundo, y exhala humo grueso. Palma vuelve a toser.

—Puedo visitar a las hermanitas —me encojo de hombros—. Pero hay un abismo entre una escalera y un helicóptero.

—No estamos investigando un crimen, sino engordando una carpeta —se fastidia—. Belda no va a dejarnos tranquilos si descartamos el factor pasional. Es incapaz de leer una novela, pero no resiste un rumor de alcoba.

Carina Fabrisi me espera en una casa totalmente blanca por dentro y por fuera, con columnas clásicas, techo de pizarra y un jardín espléndido. No es la mejor ni la peor de Highland Park, pero no creo que Bonet se haya atrevido alguna vez a recibir en su quincho a la militancia de base. Aunque no hace falta vivir mal para pensar bien, como decían en el

Partido Comunista. Carina me recibe con ropa de tenis en un living amplio y tapizado de libros. Sobre la mesita baja hay un ejemplar de *La revolución blanda* de Slavoj Žižek. Pregunta si quiero tomar algo y me agradece aquella intervención en Uruguay. "Todavía lo recuerdo como una pesadilla —me dice, y se cruza de piernas—. Estoy en deuda con usted, ¿en qué puedo servirle?". Como no es una visita social, voy al grano: le entrego una copia en papel de su amenaza telefónica. La lee dos veces, y se quita los anteojos y los pliega. "No me arrepiento de esto —declara—. No solo destruyó el hogar y la familia que tanto lo bancó siempre, sino que además tuvo la indecencia de pretender estafarnos". Después de los sucesos uruguayos, ardió Troya en Highland Park. Carina prendió fuego a todo, la madre tuvo un soponcio, el padre quiso agarrarlo a piñas y los hijos resolvieron no dirigirle más la palabra. El hombre tuvo que exiliarse en el ala oeste. "Sé por qué lo hizo Florencia —agrega ella—, pero nunca voy a saber del todo por qué lo hizo Sebastián. ¡Y con mi hermana! Contraté a una abogada para que le sacara el hígado en el divorcio. Y en lugar de admitir la trastada y portarse como un caballero, fue un cerdo. Presentó el patrimonio en blanco, y no quiso moverse de esa mentira". Le pregunto por el patrimonio en negro. "No baja de cuatro millones de dólares —informa sin pestañear—. Sí, no tengo vergüenza en decirlo. Era plata de la política. ¿Y qué? Todo el mundo lo hace, usted lo debe saber mejor que nadie". Afirmo con la cabeza.

Si lo sabré. "Cuatro millones es un buen motivo para matarlo", la azuzo. Sonríe de un modo que haría helarle la sangre a una hiena. "Los españoles tienen un dicho, Remil: si fuéramos tan listos no estaríamos aquí —recita—. Y por otra parte, con él muerto esa plata es irrecuperable". Motivo de venganza y coartada de conveniencia: empate técnico. "La muerte de Bonet no le quitó la rabia", le devuelvo. Me apunta con sus anteojos plegados: "Nos metimos en esto juntos, dimos nuestra vida por los ideales, no fuimos egoístas como otros ni bajamos los brazos. Queríamos realmente cambiar el mundo, y pensé que éramos socios y teníamos un acuerdo y que Bonet era inmune a cualquier desvío. Esa es la verdadera traición que no le perdono". La superioridad moral de la izquierda me importa un carajo, así que avanzo con una pregunta en vano que no puedo dejar de formular: "¿Pudo alguien de su familia tomar represalias?". Niega con la cabeza y vuelve a ponerse los anteojos. Y sigue negando cuando me acompaña hasta la puerta. "¿Florencia tampoco?", le insisto. Se queda en silencio unos segundos, y al fin habla con un mínimo temblor: "Que Florencia cargue con su cruz y que no se acerque nunca más; para nosotros es como si también ella se hubiera muerto en La Pampa".

Esa misma noche, me encuentro con la hermana maldita en un box de Los Rojos. Suena Silvio Rodríguez y la menor de las Frabisi está tomando su tercer "mojito de La Bodeguita".

A diferencia de la princesa del progresismo de Highland Park, Florencia parece machucada por los acontecimientos. Adelgazó no menos de cinco kilos desde la emboscada y el empujón, y lleva muy mal el duelo: está más arrugada y ojerosa que en Terapia Intensiva. "Sentí mucha vergüenza, sobre todo porque Carina les contó a mis sobrinos; podría haberles ahorrado eso, ¿no? —me dice, al borde del llanto—. Pero ella quería dañarme, desterrarme de esa casa. Sé que merezco un castigo, pero eso fue demasiado". Le convido un cigarrillo. "Al principio Sebastián quiso arreglarlo —sigue, soltando el humo por la nariz—. Pero mi hermana le cerró todas las puertas. Y él venía a la oficina con los hombros caídos y la cara larga. Le dije que no podíamos seguir juntos, pero me rogaba que no lo abandonara justo en ese momento. Me necesitaba más que nunca, y no pude resistirme. Soy una adicta emocional". Pregunto si el senador le contó el descalce entre patrimonios blanco y negro, y las amenazas. Mira el techo: "Me contaba todo. Yo traté de hacerlo reflexionar; Carina estaba en guerra y era capaz de fabricar una operación de prensa. Pero él creía que por mucho rencor que tuviera, ella seguía fiel a sus principios ideológicos y nunca haría un escándalo que perjudicara la causa". Me imagino una tapa de *Noticias*: "El affaire del senador con su propia cuñada, la revancha de su ex y el dinero sucio". O algo por el estilo. "¿Alguna vez estuvo enamorado?", quiere saber de pronto. Como no le contesto, expone su dolor: "Cuando vi en televisión esa camilla me descompuse, y durante días y días tuve una estaca clavada en la boca del estómago. Todavía la tengo, y no me baja ni con este mojito ni con nada". No pretendo interrumpir su desgarro, pero le pregunto si ella no culpaba a Bonet de haberla envuelto precisamente en aquella adicción, al fin y al cabo esa fue la pieza del dominó que derrumbó su vida. Me contempla mortificada pero serena. "¿Está buscando un asesino, Remil?". Aplasto el pucho en el cenicero. "Estoy llenando los huecos", le respondo. Todavía me observa un buen rato, luego pide su cuarto mojito. Suena Daniel Viglietti. "Lo haremos tú y yo, nosotros lo haremos, tomemos la arcilla para el hombre nuevo".

Cálgaris me obliga a redactar durante una tarde entera el resultado detallado de estos sondeos inútiles y luego me hace subir a su oficina. Almorzó con un infiltrado en el mundo trotskista, un viejo amigo de los tiempos del PRT a quien de vez en cuando le paga unos morlacos. El trosko le confirma que siempre tuvieron en la mira al general Braña, porque fue un carnicero y persiguió, torturó e hizo desaparecer a muchos erpianos. Una vez condenado Braña tuvo, en efecto, demasiada suerte con los jueces, que tempranamente le otorgaron privilegios y confort, y prisión domiciliaria. Le recomienda que hable con el juez de instrucción, que fue el primero en la larga sucesión de benefactores. "Vas a ver que al final de la cadena alimentaria, estaba Bonet", pronostica.

El coronel conoce a ese juez: tuvo que sacarlo en una oportunidad de un lío con los medios a raíz de que usaba un anillo de cien mil dólares. La magia de Cálgaris provocó que al final aquel anillo resultara una imitación, y el periodista tuvo que rectificarse por escrito. El juez llegó a camarista, pero ahora está retirado con honores. Toman el té en Rond Point y le revela sin empachos que fue Bonet en persona quien le pidió por Braña. "Nunca me dijo por qué, pero presiento que después repitió el procedimiento en los otros niveles judiciales —dice—. Mano dura con los demás, mano fofa con Braña. Raro. Pero a ver si nos entendemos, Leandro, en ese momento Bonet era Dios y si te portabas bien con las causas de lesa humanidad tus errores eran olvidados y tu carrera se iba para arriba. Prestigio y ascensos rápidos. Todos queríamos estar bien con el senador, que en paz descase".

Palma asegura que Braña tiene al menos dos pilotos de helicóptero en el círculo cercano, pero advierte que varios de sus camaradas presos están en la misma condición. Cálgaris llama al general y le informa que debe verlo con urgencia. Braña no dilata el encuentro. Vamos juntos a su oscuro departamento de Barrio Norte. El general fue alguna vez un hombre corpulento de cabello abundante, pero su versión actual es la de un anciano calvo y esquelético que camina con andador. Tiene un policía en la planta baja y una mucama que nos abre la puerta y avisa a los gritos que se va de compras. Estamos solos en esa penumbra llena de adornos de guerra, sables, insignias y cuadros de combates terrestres y marítimos. Braña perdió el pelo y la contextura, pero mantiene una cierta soberbia. Pretende tratarlo a Cálgaris desde el principio como a un subordinado más, y le revela incluso que conoció a su padre. "En el área de Informaciones todos nos conocíamos", agrega. El coronel es inmune a los prolegómenos y las falsas lisonjas; le pregunta directamente por Sebastián Bonet. Braña nos ofrece un vaso de agua, y comienza a narrar hechos lejanos. Su camada salvó a la patria del marxismo; le debemos la democracia y la paz. Discurre en hazañas y anécdotas truculentas. Cálgaris lo interrumpe y vuelve a la carga, pero el general vuelve a ignorarlo. Ejerce, altivo, el derecho de la vejez, que es parecido a la impunidad. El coronel pierde imprevistamente la paciencia y le pega una patada al andador, que vuela y se estrella contra la pared. Soy el primer sorprendido: el jefe tiene los nervios de acero y pocas veces le salta la térmica. El general lo mira serio, como si estuviera a punto de mandarlo a un tribunal de guerra, pero recupera en seguida su talante: "Usted y yo estamos en el mismo barco, los dos sabemos lo que es luchar". Cálgaris le acerca el hocico y le responde, en un murmullo: "No se compare conmigo, general. Ustedes eran una banda de bestias y analfabetos. No sabían nada de historia ni de geopolítica ni de cultura, y así les fue". Braña está al borde de la risa y del puchero; se desvía finalmente hacia una mueca de asco. "Bonet", le ladra Cálgaris, dándole un ultimátum. El general levanta el mentón, como si estuviera oliendo el viento del monte, y se cruza de brazos. El coronel me mira, y yo le rodeo a Braña el cuello por atrás y le presiono la tráquea y la carótida. Es una llave "mata león", pero me cuido de no pasarme de la raya porque el anciano se nos puede morir de un síncope. Está morado, y Cálgaris le explica que no tiene tiempo. "Muerto el perro, se acabó la rabia, general —lo apura—. No me gustaría tener que operar para que usted vuelva a una cárcel común, y menos con esa salud de mierda que tiene". Braña sacude la cabeza en un gesto afirmativo que todavía pretende la dignidad. Lo suelto y resopla, y se toma el resto de su vaso con pulso vacilante. La versión que balbucea es dudosa pero verosímil. Buscando llegar al financiamiento de los guerrilleros dio con una pequeña célula de enlace entre ERP y Montoneros. Bonet participaba de ese contacto frecuente, a pesar de las diferencias insalvables. Habían llevado a cabo secuestros y asaltos de bancos, y en cuanto lo atraparon, Bonet cantó quiénes eran los quince o veinte militantes operativos a quienes él conocía. "No tuve ni siquiera que pasarle picana —se ríe tragando dificultosamente su saliva—. Cuando comprobé que cantó la posta, le abrí la jaula y lo dejé suelto porque los montos no eran asunto que me interesara. Cruzó por Paraguay y se tomó un avión a España. Cuando estuvo de regreso, me aseguré de que entendiera". Lo que Bonet debía entender era lo bueno y provechoso que sería para su reputación el silencio de su antiguo verdugo.

"¿Y la recaudación?", le pregunta Cálgaris de mala manera. "Con sus datos y otros que obtuvimos de los nuevos prisioneros fuimos descubriendo el efectivo que tenían; en una casa encontramos una heladera llena de billetes; en otra, dos valijas escondidas en un desván. Un operativo muy exitoso". Se queda mudo, tiene los ojos cerrados. "Parece una historia incompleta", comenta Cálgaris cuando lo llevo en la 4x4. Pongo el "manos libres" para que hable con Palma. Antes de llegar a la base Chacabuco el hacker ya tiene los nombres y apellidos de las víctimas de Leopoldo Braña. No todos los combatientes estaban desaparecidos, algunos fueron detenidos y puestos a disposición del Poder Ejecutivo Nacional. El Ruso Bublik estaba entre ellos.

Antes de abordarlo, Cálgaris pide el expediente de la fiscalía y el informe de la Casa Militar, que recoge y sintetiza datos aportados por la Agencia y por distintas fuerzas de seguridad. Bublik estuvo preso en Caseros, Rawson y la Unidad Penitenciaria 9 de La Plata, y salió en libertad a comienzos de 1984. Desde entonces no se le conocen actividades ilegales ni públicas. Inteligencia Criminal indica que un sujeto apodado el Mecánico participó en varios asaltos a sucursales y blindados e integró circunstancialmente superbandas, pero nunca logró ser identificado con precisión. El Ruso es mecánico de automóviles, tiene un pequeño taller en su casa destartalada de Villa Celina, donde vivían sus padres, que murieron mientras él estaba en cafúa. Después de aquella boludez en el desfile del Bicentenario, todavía sigue encerrado en una celda especial de Devoto a la espera de una improbable excarcelación. El mandamás de la Casita decide comisionarme para un encuentro cara a cara, y gestiona con un prefecto una sala especial sin orejas cercanas ni ojos indiscretos. El prefecto se juega el pellejo, porque me habilita sin avisar al juzgado ni al gobierno nacional. Bublik es robusto y tiene un rostro triangular, una nariz enorme y una barbilla puntiaguda. Es tan alto como yo, y no estoy muy seguro de quién ganaría un combate a mano limpia. De inmediato me cae bien. Nos sentamos frente a frente a una mesa desnuda, y yo le entrego un cartón de cigarrillos negros. Me mira con sus ojos color café, colige que soy otro policía y que tendremos otro interrogatorio informal. Rápidamente le muestro las cartas. "Sebastián Bonet", pronuncio, y le regalo una caja de fósforos. Elige uno, lo raspa y prende el cigarrillo, arrastra la silla hacia atrás, se levanta, da tres pasos y se acerca a la ventana con rejas. Me responde de perfil, con voz grave:

—Siempre fue más inteligente que nosotros.

—¿Usted cuándo empezó a sospechar? —avanzo.

—¿Sospechar? —Se acaricia la barbilla—. Hace muy poco. Y gracias a una casualidad. ¿Le gusta el guiso de lentejas?

—A veces.

—Mi vieja lo preparaba como los dioses.

No se puede empujar a un elefante; mejor dejarlo que se mueva solo. Raspa con la uña del pulgar una reja, como si quisiera quitarle la pintura.

—Me entrenaron para soportar la tortura, pero no aguanté mucho —dice—. Nadie aguanta, esa es la pura verdad. Dos o tres cayeron por mi culpa. Pero antes habían caído más. Varios más. Braña estaba bien dateado. En el revoltijo, algunos pensaron que el flojo era yo, y me dieron la espalda.

Ahora se restriega la narizota y mete otra pitada; un rayo de sol tardío le graba las sombras de los hierros en el rostro picado de viruela.

—Mientras me daba con 220, quería saber dónde teníamos escondido este canuto, y aquel otro. Pero nunca me preguntó por la guita del banco de Gerli. Ese fue un laburo mío. Un laburo bien hecho, si me disculpa. Pero Braña no preguntaba, porque ya sabía.

—¿Y usted nunca se preguntó por qué Bonet se había podido rajar?

—Ya le dije: Sebastián era más inteligente que nosotros.

—¿Y qué pasó cuando usted salió en libertad?

—Bajé la cortina, me borré —contesta y fuma—. Preferí cualquier otra ranchada, y desde entonces la política no significa nada para mí. Agarré la otra vereda y le di derechito. Nunca más cacé los diarios, ni escuché la radio ni vi la televisión. Me metí en lo mío, en una campana.

De pronto algo cambia, se acerca con los ojos encendidos y pega un puñetazo en la mesa.

—¿Pero se piensa en serio que me interesa si gobierna un tilingo o una guaranga? —grita—. ¡Me chupa un huevo!

—¿Por qué no le contó todo esto al fiscal? —replico sin mover un músculo.

—¿Y qué iba a cambiar? —arruga el ceño.

—A lo mejor ya estaba afuera.

—Tenencia de arma de guerra —espanta con una mano, y afloja—. Me mandé un cagadón, actué como un sonámbulo y como un borracho, me encegueció la bronca.

Un guardia entra a preguntar si está todo bien, porque debió de haber oído el puñetazo como si fuera una bomba. Lo tranquilizo con un ademán. El guardia cierra de nuevo la puerta y el Ruso se deja caer en la silla. Parece lastimado.

—¿Sus compañeros de los 70 fueron a buscarlo alguna vez? —insisto.

—Dos veces —responde, y toma otro cigarrillo—. Una para invitarme a declarar en no sé qué poronga de juicio; la otra para preguntarme si sabía dónde estaban las sacas de Gerli. Casi los corro a los tiros.

—Lo demás fue incautado oficialmente, pero las sacas no aparecieron.

—Oficialmente —rechista con sarcasmo—. Los milicos blanqueaban algo y afanaban todo lo que podían. A veces mataban para robar. Vea, los militantes que vinieron a Villa

Celina me juraban que los tres de mi grupo se habían muerto en la mesa de tortura, y que un sobreviviente había sido testigo: le preguntaron mucho tiempo más tarde, lo apretaron los compañeros revolucionarios, pero aseguró que en aquellas sesiones ninguno habló de Gerli, ni cosa parecida.

—De vuelta: parece extraño que nadie hubiera sospechado de Bonet.

—Los cumpas no tenían idea, porque mi célula estaba tabicada y porque en aquellos días todo era un caos: había asesinatos cruzados, y nadie sabía muy bien quién cagaba a quién después del submarino y la parrilla. Todo se veía nublado a través de las capuchas, el miedo, la sangre y la clandestinidad. Además, a mis antiguos socios les entró diarrea conmigo; prefirieron creer que a lo sumo me había quedado con el toco. Y yo fui un gran boludo. Pero uno muy grande: a pesar de que había compartido con Bonet algunos secretos, nunca hice la conexión. Se había eyectado antes, a lo mejor por orden de la Conducción, y para mí la mosca estaba donde la dejamos, adentro de una garrafa en un galpón de Berazategui. No entendí la secuencia. Nunca se me pasó siquiera por la mente la posibilidad de que Bonet hubiera pagado con nuestra guita su propio rescate y se hubiera pirado.

—No solo pagó con moneda, también con delaciones.

—Yo quería olvidarme de todo. Y me olvidé. ¿Leyó mi informe psiquiátrico? ¿Leyó sobre la memoria, las lagunas y la negación?

—Sí, lo leí —admito—. ¿Cómo descubrió todo?

Ahora le pican los ojos, se los frota con una mano peluda del tamaño de una maceta.

—Los viejos vivían en la casa de atrás, que tiene un patio y un jardincito —dice como si fuera un niño gigante—. Todo estaba lleno de polvo y roña, pero como siempre. Intacto. Abrí las ventanas y limpié, y pensé seriamente en alquilarla, porque yo iba a vivir adelante, con mi taller. Pero nunca pude. Por una cosa o por otra, la casa sigue ahí, con el armario lleno de ropa y los avioncitos del viejo.

—¿Aviones?

—Era aeromodelista —se le ilumina la cara—. Hincha de Racing, aeromodelista y radical de Yrigoyen. Pero le interesaba la vida de Trotsky, fíjese qué curioso. Y los muchachos lo tomaban por un simpatizante, le hacían llegar siempre los periódicos partidarios. Todavía hoy se los tiran por debajo de la puerta.

—¿Y qué relación tiene todo eso con las lentejas? —le pregunto.

—A veces un domingo, generalmente una vez por mes, paso el día atrás, barriendo, comiendo un guiso de lentejas y escuchando unos tangos. A los viejos les encantaba Pugliese.

—Y le pega un vistazo a los periódicos.

—Como si revisara un álbum de figuritas viejas.

—Y se encontró con Bonet.

Está pálido y los ojos le saltan de las órbitas.

—Fue un shock —gruñe—. ¿Le dije que tengo ataques, unos dolores tremendos en la frente y en la nuca?

—Su psiquiatra también lo dejó asentado.

—Estuve tres días con ese martillo que me daba en el bocho, y me daba y me daba. Con la vista nublada, y lleno de malos pensamientos.

—¿Bonet nunca trató de buscarlo?

—¿Buscarme? —se asombra—. Yo soy nadie, negro. Soy invisible. Lo vi un par de veces, forzado porque en algún boliche tenían la tele prendida y él estaba dando una entrevista o bajando línea en una tribuna.

—¿Así se enteró de que iba a estar presente en los actos del Bicentenario?

—Así nomás.

Ahora se coloca el dorso de la otra mano en la boca y aprieta los párpados, como si una laceración insoportable le pasara por dentro.

—Y consiguió una pistola —lo animo.

—Una pistola oxidada, no sé cómo me convertí en este viejo choto.

—Hace dos años, un tipo apodado el Mecánico entró con dos o tres cómplices a un banco de Tandil —le relato—. Iba con pasamontañas y llevaba una ametralladora. Se llevaron tres o cuatro palitos, no mucho. Al entrar y al salir disparó un par de ráfagas para que nadie se hiciera el vivo. Tres horas después, la cana todavía trataba de sacar al vigilante de la garita blindada. Tenía un ataque de pánico y se había cagado en los pantalones.

Bublik recupera de buenas a primera un poco de entusiasmo; alza las cejas pobladas y sonríe con tristeza.

—Hay un salto enorme entre un FMK-3 flamante y una Ballester Molina inutilizada; el psiquiatra le puede explicar las trampas del inconsciente —le digo—. A propósito, usted que se da maña, ¿conoce la función de los cuatro servoactuadores?

—De helicópteros no aprendí casi nada en Cuba —me responde—. Y para eso tengo la mejor defensa del mundo.

—Los muros de Devoto.

—Sigo siendo ateo, pero cuando me contaron cómo espichó...

—¿La justicia divina?

—Divina.

Desde que Beatriz Belda es la Señora 5 ocupa un departamento en el Palacio de los Patos. Me manda llamar a medianoche y la encuentro un tanto desestabilizada, en bata y pantuflas, vaciando una botella de Lagavulin y releyendo el informe que Cálgaris le envió este mediodía. La sala, para mi sorpresa, no es sobria sino barroca, abigarrada de objetos y cristaleros con porcelanas, vajillas orientales, recuerdos de viaje, obsequios empresariales y souvenires políticos. Sobre los aparadores hay infinidad de fotos enmarcadas: BB con todos y cada uno de los presidentes democráticos, con grandes líderes mundiales y con Diana Galves en la gala de los Goya y en la alfombra roja de Cannes. Lady Di pasa una larga temporada en España, está rodando una serie en Almería. Suena bajito Sinatra. Y Belda permanece recostada en su sofá egipcio. Me indica un pequeño sillón y me muestra una hoja.

—Cálgaris sugiere que la confesión de Bublik es imprecisa y no tenemos por qué creerle —dice, y le patina el embrague de la lengua—. ¿Qué pensás vos?

—Era una época confusa y al Ruso le faltan varios jugadores —le respondo con cuidado—. Pero igual tiendo a sospechar de los relatos redondos. Solo funcionan en las novelas de espías.

—Sos joven para saber lo confusa que era esa época —se queda, y los ojos le parpadean pesadamente—. Vos y el coronel zafaron, y yo me salvé raspando. Quién sabe en qué trinchera te hubiera encontrado a vos la historia, Remil. Y si los tres no nos hubiéramos baleado entre nosotros.

Se incorpora con dificultad y señala con un dedo su escritorio del fondo, un mueble de estilo repleto de chucherías y documentos. Me pide que le traiga algo, me lo describe, me guía, lo encuentro: es un cuadrito pequeño, que tiene adentro una pastilla, tal vez un antibiótico. Se lo alcanzo, lo mira con media sonrisa, le saca brillo al cristal.

—Hace como cinco años yo vivía en una casa de Palermo Soho, y un sábado me entraron unos escruchantes y la revolvieron toda. Se afanaron algunas joyas y un poco de efectivo. Hice la denuncia pero fue inútil. Con el tiempo descubrí que también se habían robado este cuadrito. No tocaron ningún otro adorno, ni cerámicas ni bronces. Nada. Solo este chiste, esta píldora de la suerte que me acompaña desde los veinte años. Desde que al Negro Quieto lo chuparon y nos pidieron a todos que la usáramos.

Sacude el vaso vacío para que yo se lo llene, a pesar de que ella misma podría hacerlo con solo estirar un poco el brazo. Le sirvo una medida y me insiste para que sea más generoso.

—Lo tomé como un mensaje mafioso, una ironía, y no me equivocaba —continúa—. Cuando me hice cargo de la Agencia cumplieron el rito de entregarme mi carpeta, que era abultada y venía con varios anexos. El segundo de Contrainteligencia fue muy amable conmigo, me devolvió el cuadrito.

—¿La pastilla de cianuro? —pruebo.

Asiente y se toma un largo trago.

—El Negro era miembro de la Conducción Nacional y decían que había entregado a los compañeros por no soportar el dolor. No era cierto, pero desde entonces cargamos con este seguro de muerte. Antes nos habían vendido que se podía soportar la tortura física con la fortaleza ideológica. ¡Minga!

—Pero nunca te hizo falta, te escapaste.

—A México y más tarde a Portugal —confirma—. Con esta píldora en el bolsillo, sabiendo todo el tiempo que en cualquier momento tendría que tomarla, como hizo Rommel cuando quedó envuelto en aquel atentado fallido contra Hitler. ¿Te acordás?

—También Himmler y Göring, y Eva Braun.

—El selecto club del veneno.

—Oí que formaste parte de la Contraofensiva —la apuro.

Me muestra dos centímetros de la yema de un meñique.

—Así estuve de viajar a Beirut y entrenarme con las Tropas Especiales de Infantería de Montoneros. Íbamos a volver y a levantar al pueblo en armas contra la dictadura. ¡El pueblo nos estaba esperando ansioso! Ahí te digo que me salvó el instinto político: yo sabía que Firmenich y los otros estaban sobregirados, y que vivían en una nube de pedos. Íbamos directo al matadero, y te juro que lo vi venir.

—¿Te hicieron un juicio por traición? —me regodeo.

—Y me condenaron a muerte por desertora.

—¿Y adónde desertaste?

—Primero a Suecia y después a Holanda —Ahora parece tildada, y yo dejo que Sinatra murmure su canción durante tres minutos. De pronto ella vuelve y suspira profundamente:— Cada uno de nosotros hizo lo que pudo con ese desastre, Remil. No hay que juzgar a Bonet, que fue el mejor de todos. Mirá esta lista de genocidas. Es su obra maestra. ¿Sobreactuaba a veces? Era humano, tenía esqueletos en el placard y lo perseguían. Había que gritar más alto que ellos para taparles la voz.

El vaso vacío se le resbala y rueda sobre la alfombra. En lugar de devolvérselo, lo coloco fuera de su alcance.

—Y los otros pecados son menores.— De repente se ríe con fuerza—. ¿Quién no fraguó una licitación, quién no se ha cogido a una cuñada?

—¿Hasta acá llegamos, entonces?

Belda rompe en cuatro partes la carátula, y luego hace lo mismo con cada página del informe. Los pedazos salpican el regazo, el sofá y el piso.

—Bonet y su partido eran necesarios —susurra, concentrada en su destrucción—. Y en la política, como en el Oeste, cuando la leyenda supera a la realidad...

—Publicamos la leyenda.

De repente está exhausta, al borde de las lágrimas. Me pide que la lleve hasta la cama, porque no puede más. La levanto en brazos y la traslado al dormitorio, le quito la bata y la meto bajo las sábanas y el edredón. Cuando le entorno la puerta, todavía turbado, la siento llorar quedamente por primera vez. Es un gemido desconsolado e impensable. Sinatra está cantando "Dancing in the dark".

II

SU SANTIDAD

Estamos en el octavo círculo y, según parece, un falsificador le está mordiendo el cuello a un hereje mientras un demonio con alma de murciélago los sobrevuela con regocijo, y dos tipos de frente arrugada comentan desde un costado el festín. Cálgaris nunca consiguió hacerme aficionado al arte, así que este paseo por el Museo de Orsay me parece un bodrio. Lo único que lo convierte en algo medianamente interesante es el padre Pablo, el amigo del papa Francisco, que está de pie frente al cuadro de un tal Bouguereau, con los brazos cruzados, su libreta negra contra el pecho y un lápiz que mordisquea como si fuera una golosina. "No se sabe si se devoran con furia o con deseo", comenta el coronel y señala con su pipa apagada a los dos pecadores, desnudos y con sus musculaturas brillantes y marcadas, en un combate que de repente me parece sospechoso. "La teoría de los sodomitas", responde Pablo volviéndose hacia nosotros, asintiendo con la cabeza y sonriéndonos con fingida cordialidad. Guarda el lápiz y nos da la mano; luego echa un vistazo rápido al óleo: "De todas maneras, no estoy aquí por ellos, sino por Virgilio y por Dante". El viejo se coloca la pipa entre los dientes, y le responde: "La serie continúa; los grandes pensadores a través de las grandes pinturas. ¿Por eso vive ahora en París?". El cura se encoge de hombros y lo toma del brazo: "No solo por eso", responde, aunque elude una explicación. Caminan adelante, mientras yo los sigo a prudente distancia. Pablo se ha dejado una barba prolija, y no usa sotana ni alzacuello. Parece un turista sobrio, tal vez un estudiante recién llegado. Cálgaris averiguó que imparte clases en el Institut Catholique, y que se hospeda en un pequeño departamento antiguo de la Île Saint-Louis: desde su ventana se ve el Sena y Notre Dame. Es raro que un hombre de extrema confianza de Bergoglio, con quien compartió el barro de la prehistoria argentina, haya abandonado Roma. La pregunta es obvia: ¿cayó en desgracia o cumple una misión?

Arribamos hace tres días al aeropuerto Charles De Gaulle y nos alojamos en un hotel tres estrellas de la rue Saint-Sulpice con mucha historia, pero sin ascensor y con cuartos tan estrechos que solo se está cómodo en posición horizontal.

Cálgaris, por supuesto, ocupa la habitación más amplia, y pretende a toda costa que yo no pierda el tiempo: tengo que leer en francés, con ayuda de un diccionario, *Fouché* de Stefan Zweig, una biografía que me tragué a los treinta años traducida a un español folclórico, pero que ahora se ha convertido en un ejercicio de paciencia y tormento, recostado en la cama, mientras observo de vez en cuando por la ventana los tejados y las chimeneas.

El primer día picamos algo en la planta baja, hablando del pragmatismo salvaje del ministro de Policía de Bonaparte, con quien el coronel siempre se ha sentido identificado. Me cuenta cómo era exactamente su original red de espionaje, y por qué se estudia en las escuelas del oficio de todo el mundo. Luego caminamos hasta los jardines de Luxemburgo y él echa una partida rápida contra un excampeón de ajedrez que ha caído en el alcoholismo pero que lo doblega sin despeinarse. El viejo lo toma con buen humor y me arrastra hasta el Hospital de los Inválidos y el Domo; todo lo apasiona por igual, pero su lugar preferido es el Museo del Ejército, con su colección de lanzas, corazas, armaduras, escudos, pistolas y arcabuces; sus granaderos y húsares de plomo, y el Visir, que vive embalsamado dentro de una vitrina y lleva marcada a fuego en su anca izquierda la N. de Napoleón. "El sultán de Turquía se lo regaló al Petit Cabrón —me ilustra—. Lo cabalgó en doce batallas y se lo llevó a Santa Elena. Era majestuoso". Ese pobre caballo gris tirando a blanco no logra emocionarme. Por la tarde, Cálgaris está comprometido en una serie de reuniones: la Señora 5 le ha encomendado cerrar un convenio comercial para la Agencia, y el coronel tiene además varios amigos y socios en Francia. Ese recreo me permite dejar la ropa de calle, correr veinte kilómetros alrededor del Luco, ducharme en el baño sin puertas del hotel y esperarlo con *Fouché* en un café del Palais Royal: a Cálgaris le gusta cenar ligero y deambular por París bajo las luces nocturnas en ese otoño extrañamente cálido, sobre todo siguiendo las dos riberas, donde algunos parisinos todavía resisten con viandas y vino rosado, y donde se escuchan las últimas músicas y risas, y a veces, hasta los golpes de la *pétanque*. Belda no puso el menor reparo a que yo lo acompañara, a pesar de que se trata evidentemente de un costoso viaje de negocios, pero sin el menor problema de seguridad. Supongo, porque nadie me lo ha dicho, que el coronel usó un argumento mínimo: será un viaje instructivo para Remil. Sabe que no hace falta más, porque Belda ha demostrado sobradamente una inexplicable debilidad por mí: aprobó mi ascenso, aumentó mi salario, me premia con becas, me encarga cuestiones delicadas que involucran a su familia y a su círculo íntimo, y me consulta cuestiones espinosas en la alta noche. "El favorito de la reina —me llama Cálgaris con sorna—. Si ella fuera heterosexual, también te requeriría para esos menesteres".

Los dos días siguientes, hasta el encuentro pactado en el Museo de Orsay, son casi idénticos: hemos subido a pie hasta el Sacre Coeur y pasamos una tarde fresca en Père-Lachaise; una noche recorrimos Le Marais y la otra, nos quedamos largo rato tomando una copa frente al edificio de la Ópera Garnier y viendo pasar la fauna. Repasamos mientras tanto los años de la Revolución y del Imperio, que leímos en tantos libros, y también la ocupación nazi y la Guerra Fría: Cálgaris cuenta anécdotas exóticas sobre cómo funcionaban entonces las organizaciones secretas de uno y otro lado.

Al padre Pablo también le gusta caminar la ciudad. Salimos juntos y lo seguimos, a paso lerdo, por callecitas internas. Como siempre, el amigo del Santo Padre habla entre susurros, pero yo voy tan cerca que no pierdo detalle. No hay agradecimiento en su voz. Da por hecho que la búsqueda de aquella monja desaparecida ha sido de alguna forma recompensada: al menos ahora el Vaticano confía en la Casita. Algo que para Leandro Cálgaris siempre ha sido invaluable, aunque todavía no haya pasado a cobrar factura.

—Sabrá que en Santa Marta no guardan muchas simpatías por el Presidente —dice el salesiano—. Es un problema personal, pero sobre todo ideológico.

—Se conocen muy bien —le contesta Cálgaris—. De los viejos tiempos.

El sacerdote se alza de hombros:

—Los dos son políticos, y habrá una batalla.

—La batalla ya empezó hace rato.

—Se profundizará.

El coronel se detiene brevemente para recargar con mejor pulso la cazoleta y encender el tabaco. Pablo me acepta un cigarrillo: fumamos los tres mientras repechamos una calle de anticuarios y galerías.

—Me temo que el asunto se encuentra por encima de mi nivel, Pablo.

—También del mío —reconoce, y me echa una ojeada—. Ahora mi preocupación es la señorita Belda.

Cálgaris se detiene frente a una librería que vende autógrafos y ciertos garabatos rápidos producidos por personalidades célebres: esquelas, notas, mensajes breves e intrascendentes escritos a mano por Víctor Hugo, Artaud, Liszt, Freud, Ravel y Debussy.

—El reino de los fetichistas —dice—. Puede confiar en que esta caminata quedará en absoluta reserva, padre.

Los ojos pardos de Pablo tampoco se apartan de la vidriera, pero pestañean rápido: está pensando a gran velocidad, se le ha acelerado un poco el pulso. Seguimos avanzando con lentitud, a veces en silencio. Es una conversación difícil y temeraria. Ha caído el sol hace rato, y el cura nos invita a girar en la rue des Beaux-Arts, y nos conduce hasta el número 13. “Borges se hospedaba en este hotel —señala—. ¿Se acuerda de aquella foto sobre la estrella negra de veinte puntas?”. Cálgaris se asoma para ver el piso del vestíbulo. Mueve la cabeza y se quita el sombrero; se abanica el rostro reconcentrado.

—¿Qué pasa con la Señora 5? —murmura, pero lo hace en francés.

Pablo suspira profundo y nos recomienda con un gesto retomar la calle que nos llevará al boulevard. Marchamos los tres, en fila india, porque la acera es angosta y se nos viene encima una tropilla de turistas con una guía gritona. Cuando el rebaño termina de pasar, Pablo se vuelve hacia el coronel y le responde en castellano:

—A veces los grandes hombres deben ser protegidos de sí mismos.

Pero deja esa frase en el aire, porque a continuación le narra con detalle una tienda llena de tesoros, que acabamos de dejar atrás, en la que Pablo vio alguna vez la túnica Delphos. Y también una librería con ejemplares enormes y relucientes que describen desde el estilo Fred Astaire hasta Dior y Louis Vuitton, los cócteles de Hollywood, las leyendas de Cannes, las anécdotas del Orient Express y la vida esplendorosa de María Callas. Cálgaris conoce esas tiendas, pero está encantado con la clase, que a mí me irrita. Es evidente que nos dirigimos a un lugar más privado, aunque si algo aprendimos del salesiano es que no permite a los mercenarios acceder a su vida ni a su intimidad, porque las ensucian. Nuestros encuentros serán siempre en museos, parques, calles y cafés. Sitios públicos donde mantener diálogos rasantes y cargados de sobrentendidos. Nada que pueda grabarse o reproducirse con éxito. Mucho menos reuniones a puertas cerradas. Solo informalidad. Vagas conversaciones al paso. Si alguien las fotografiara de lejos no sería capaz de adivinar todo lo que implican: en este limbo callejero y fugaz se está firmando un pacto.

La terraza de Les Deux Magots está atestada de turistas y locales, y el interior es muy ruidoso, pero un camarero le consigue al cura una mesa esquinada. Me ubico contra la pared, y ellos se acomodan codo a codo de espaldas a la puerta. Los tres tomamos café, solo que ellos lo adornan con unas gotas de leche: *noisette*, una lágrima. Será, por lo que pinta, un encuentro más o menos rápido, porque Pablo mira a cada rato el reloj e insiste en pagar anticipadamente la cuenta. Sin sosiego, dice por fin:

—A Jorge no le gustan el mus ni el ajedrez ni el Nintendo, así que su forma de relajarse es jugar por las tardes con la política del patio de atrás. Un hobby.

—Una válvula de escape —conviene Cálgaris, que se ha quitado el sombrero, pero permanece con el abrigo puesto; tiene su sonrisa felina—. Debe ser extenuante la tarea de pacificar el mundo.

El coronel y el sacerdote miran al vacío, pero de pronto giran sus cabezas y esos ojos grises y pardos, unos acuosos y los otros secos, se encuentran por unos segundos. Cálgaris se lleva la lágrima a la boca y la paladea, como si la estuviera catando. Después deja la taza en el plato y ladea la cabeza:

—Construir desde los márgenes.

—Él siempre creyó en ese concepto filosófico —reconoce, acariciándose la barba.

—Pero resulta que en los márgenes hay marginales.

—Y muchos quieren usarlo políticamente. —Ahora Pablo alza la vista hacia el techo, o hacia el cielo de su Señor—. Tengo miedo de que le manchen la sotana.

La declaración suena a título personal, aunque estos enjuagues suelen ser deliberadamente ambiguos y misteriosos. ¿Actúa en nombre propio o con el visto bueno de Roma? ¿Bergoglio empuja la pieza, o algunos de sus leales la mueven por su bien, pero sin su consentimiento? ¿Se cumple una orden vertical o se trata de una iniciativa interna pero ajena? Supongo que a Cálgaris el asunto de todas maneras no le importa. El juego se llama "al servicio secreto de Su Santidad", y esto para nosotros significaría también un negocio paralelo, incomunicable a la Señora 5, que hace lo propio con el Presidente de la Nación. Con quien, a pesar de sus críticas despectivas, todavía mantiene una cierta lealtad. Nunca supimos, ni siquiera al final, si buscamos a aquella monja perdida por orden del Vaticano o de este sinuoso amigo personal de Francisco. Los efectos, y esto es lo relevante, nos beneficiaron. Esta vez, sin embargo, no se tratará de un mero encargo o de un ensayo para probar pericia y discreción. Para proteger la reputación de Bergoglio y neutralizar a sus enemigos locales se necesitarán fondos. Nos quedan tres días antes de tomar el avión, y sé que Cálgaris querrá meditar profundamente sobre el tema y sus consecuencias, así que no me sorprende que sea el primero en ponerse de pie y extenderle a Pablo una mano:

—Tendrá mi respuesta en veinticuatro horas.

El cura pestañea de nuevo, y le sostiene la mano con firmeza:

—Mejor desayunemos el jueves en el Lutétia.

Cálgaris le indica su conformidad con un gesto, y Pablo me lanza un tercer vistazo que no significa mucho, y cruza el salón con su libreta negra en la axila. El coronel pide una segunda *noisette* y se queda absorto. No le importa mi opinión, así que lo acompaño en silencio, y después volvemos a la calle y lo pierdo en la zona de La Sorbona: a unos metros hay un cine y dan una vieja película de Carol Reed. Lo que quiere, en realidad, es estar solo. Hago mi rutina alrededor del parque de Luxemburgo y paso la nochecita descifrando a *Fouché* con tres cervezas.

Lleva el pelo gris y enrulado, ni corto ni muy largo, y va vestida de negro de pies a cabeza: por eso destaca el *foulard* rojo con lunares blancos que le protege la garganta de esta mañana inestable. Ocupa una mesa del fondo, solitaria y sin vista a la calle, que a esta hora es todo un espectáculo de personajes extravagantes y sofisticados. Trabaja en su notebook a buen ritmo, pero cada dos o tres minutos se detiene un momento para pensar y no puede resistir la tentación de mirarme directamente a los ojos. Son cruces breves, al borde de algo y de absolutamente nada. Su edad resulta indescifrable, pero digamos que podría tener entre cuarenta y cincuenta años; piel blanca y labios gruesos, una nariz curva e imperfecta que le da carácter y sensualidad, y una mirada con un toque irónico. Es delgada pero no huesuda, y le pega sorbitos a una serie de cafés cremosos y humeantes, que le pide al patrón cada tanto con un leve mohín. Me causa gracia que no pueda evitarme, pero es que estoy sentado justo en su punto de mira, mientras el coronel y el salesiano desayunan cafés y jugos, destripando el *pain au chocolat*, y contemplando el despliegue del Sena, los peatones de la Île Saint-Louis y los fumadores que a pesar del frío ocupan las dos terrazas de la esquina. Pablo, que se siente un vecino más del barrio, se tutea con los mozos y se saluda sin efusiones con algunos parroquianos, y le cuenta a Cálgaris que aquel galán maduro es un actor inglés, que la dama del perrito pertenece a la nobleza italiana y que aquellos dos ancianos inofensivos y grises son dueños de unos astilleros en Nantes. El coronel no hace ningún preámbulo, pasa directamente al problema del financiamiento, dando por hecho así que el acuerdo está cerrado y que ya estamos negociando las condiciones. Con su parquedad monacal, Pablo le explica entonces que en la "emergencia" habrá un "aporte" y que luego, con el devenir de los acontecimientos y dependiendo del volumen de la prestación, se irán disponiendo nuevas formas.

Menciona a un sindicalista, amigo del Episcopado y en especial de Bergoglio, que por supuesto es multimillonario, maneja la obra social y aparece como propietario evidente de tres clínicas privadas, y que tiene además un conglomerado de compañías diversas bajo cuatro prestanombres. El dinero no será problema. En la Casita ese burócrata sindical fue varias veces investigado por orden de sus adversarios, y en ocasiones, él mismo contrató nuestros servicios para pinchar teléfonos, hacer seguimientos o romperle los huesos a algún intransigente de su propio gremio. Lo conocemos muy bien. Cálgaris, no obstante, acaba de un trago el jugo y desliza: "Pero no sabía que estábamos en una emergencia". Pablo se rasca el mentón y recurre de nuevo a su media lengua: "Me dan información alarmante". El viejo no se inmuta, se quita los anteojos y comienza a limpiárselos. "Calculo que conocerá también a Garmendia", añade el cura, y se me escapa una especie de risa abortada, casi un eructo. Garmendia es un exguerrillero que se metió en las organizaciones sociales; comanda un puñado de nostálgicos de la lucha armada que actúa como fuerza de choque en casi cualquier escrache o manifestación callejera. A su ruidosa secta suele llamarla pomposamente "movimiento patriótico". Tiene una prisión en suspenso por daños, amenazas y lesiones, pero cuenta con la simpatía del peronismo extremo; también de progres paquetes, porque lo consideran un "sobreviviente de la dictadura". Cuando no está apedreando policías o incendiando coches, da conferencias en facultades y creo haber leído por ahí que hasta le otorgaron un título honoris causa en una universidad del conurbano bonaerense. Domina ese y otros grupos sociales, y algunas estructuras piqueteras. Determinados obispos justicialistas y ciertos curas villeros se niegan a condenarlo; supongo que a pesar de sus exabruptos lo consideran un baluarte de la "economía popular" o un compañero más en la resistencia al "neoliberalismo", y solo esperan que no se pase demasiado de la raya. Nos hemos infiltrado dos veces en su núcleo, que es un colador, y tenemos un dibujo aproximado de cuáles eran sus contactos y movidas. Pero estamos algo desactualizados. Saco el celular y pongo su nombre completo en las imágenes de Google y encuentro al menos tres fotos recientes con el Papa. Construir desde los márgenes. El Vasco Garmendia. "Está obsesionado con 'el gobierno de los ricos'", acepta Cálgaris, atusándose el bigote amarillento. "Sí, lo sigo en Twitter —responde Pablo, tomando aire—. Y no está solo". Por primera vez, Cálgaris se vuelve hacia mí: "No cree en Dios, pero ahora cree en la Iglesia". Pablo no comparte nuestro cinismo ni nuestras sonrisas. "Supongo que también les suena Sandra Coletti", dispara. La Tana Coletti. El coronel pronuncia su apodo de guerra y se tira hacia atrás, con pereza y con las manos entrelazadas en la nuca. Formó parte de las Fuerzas Armadas Revolucionarias y, después de la unificación con Montoneros, estuvo a punto de ser secuestrada en 1975, cuando la derecha peronista andaba en plena temporada de caza. Se exilió en Italia, y no regresó nunca más. Como todo revolucionario, si gana instala una dictadura popular: censura, expropia, encarcela, tortura y fusila. Y si pierde, se refugia en organismos de derechos humanos, se vuelve un humanista y un demócrata, y denuncia la persecución, la crueldad, el patriarcado y la falta de libertades civiles. "Garmendia fue su primer esposo", informa Pablo sin apartar la vista del edificio de enfrente, donde una pareja toma champagne en el balcón a las diez de la mañana. El río es verde y azul, y la temperatura está aumentando bajo ese sol intermitente. "Era una pendeja, pero creo que estuvo en los incendios de Minimax, ¿no?", prueba Cálgaris: quemaron trece supermercados para repudiar la visita de Rockefeller. "Se enamoró de Garmendia a los 16 años. —Pablo parece disculparla, aunque resulta involuntariamente irónico—. Ahora tiene 64 y una larga trayectoria en el ejercicio de la misericordia". Errores de juventud. Fue hacia el guevarismo y como el hijo pródigo, regresó al ecologismo y a la piedad católica: la Santa Madre Iglesia de los Pobres la ha acogido en su santo seno. Pablo saca del bolsillo del corazón una tarjeta y la deja sobre la mesa. "Reside desde hace muchos años en París, es instructora de artes marciales, tiene su propio gimnasio". Cálgaris recoge la tarjeta y se coloca los anteojos para recorrerla. "¿Y ella es parte del problema o de la solución?", quiere saber. "Está esperando su visita", cancela Pablo, y de pronto llama al camarero para pagarle. "¿Fumamos?", propone apurado. Pagan y salen a fumar al Pont Louis-Philippe. Yo aprovecho para hacer una escala técnica en el baño, que queda en el subsuelo. La dama del *foulard* rojo levanta la cabeza de la notebook y no aparta la vista ni aun cuando paso a su lado. Subo después de unos minutos, y no puedo resistir acodarme un momento en el mostrador y pedir un último vaso de agua. Me sonríe desde su mesa: estamos a metro y medio. "Me fascina oír hablar en español —avanza ella: evidentemente aprendió el idioma en España y lo habla muy bien, pero con un acento cargado—: "En esta ciudad no hay tantas oportunidades de practicarlo". Le elogio su pericia idiomática, aunque con el mínimo de palabras, mientras saboreo el trago. "¿Suele cenar aquí?", me pregunta de repente. Sus ojos me están midiendo. Le digo que no. "Yo tampoco —responde—. Tengo una mesa todas las noches en Chez René, a las nueve y media". Guau con la señora. "Se come muy bien", agrega, y veo sus dientes blancos. Dejo el vaso vacío y me despido con una leve inclinación, y siento sus ojos en mi espalda. Pero no me vuelvo ni una vez, cruzo hasta el puente y prendo un cigarrillo.

La cita es a las 18 en un lugar intermedio entre el Bataclán y la Plaza de la República, y ya para entonces es un atardecer nublado y sin luz. En el boulevard Voltaire reina un extraño silencio, tal vez imaginario: el café Bataclán permanece completamente vacío y a su lado, el teatro parece un monumento sombrío tocado por una pagoda china. "El vodevil y la bataclana", murmura Cálgaris, y pasa de largo examinando de reojo el área de operaciones. Caminamos unas cuantas cuadras, y Cálgaris se detiene a cargar su pipa: "Cuando estudiás el plan completo de ataque te parece increíble que siete tipos coordinados y con fusiles Kalashnicov hayan puesto de rodillas a todo el sistema de seguridad de París". Alá es grande.

Antes de llegar a la plaza, adonde trasladaban aquella noche a los heridos, nos internamos por una callecita lateral y esquiva, y a doscientos metros encontramos el gimnasio, que resulta más bien modesto: una casa de dos plantas, con un ventanal de piso a techo a través del que se aprecian los entrenamientos y las sombras blancas de los kimonos. El coronel empuja la puerta de vidrio y saluda en francés a un coreano que atiende la recepción: es cinturón negro, aunque no se sabe en qué disciplina. Hace un llamado por teléfono, mientras inspeccionamos las instalaciones y vemos a jóvenes de ambos sexos probando llaves, patadas y golpes, o simplemente haciendo pesas o ejercicios aeróbicos de precalentamiento. Un folleto indica que las especialidades de la casa son el judo, el karate y el taekwondo, pero también ofrecen clases semanales de boxeo tailandés y aikido, y lecciones especiales de "artes mixtas". Se escuchan gritos y también alguna que otra risa. Cuando no te entrenan para matar o morir, todo te parece un juego.

El coreano le avisa a Cálgaris que "madame Coletti" nos espera en su despacho y nos señala la escalera empinada. Subimos hasta un piso dividido en tres: a la derecha hay una puerta que da a otro salón de prácticas, a la izquierda un departamento privado y en el centro, un área de dos oficinas para administración y un reservado con persiana americana. Tres empleados trabajan detrás de las peceras y uno de ellos nos conduce hasta el despacho en cuestión: toca y nos abre, nos deja pasar, nos pide amablemente que le entreguemos los celulares y nos pregunta si queremos beber algo. Le hacemos caso, pero no queremos beber nada, y al entrar a ese cuarto de seis por seis sentimos que cierra a nuestras espaldas y que la estancia está dominada por unos ventanales protegidos y por una flaca de pelo renegrido y cuerpo flexible, que se levanta de su butaca, y rodea el escritorio para saludarnos e indicarnos un sofá. Cálgaris se quita el sombrero y se inclina para besarle la mano, pero Coletti se encarga firmemente de que ese detalle ampuloso se transforme en un simple apretón. Cuando se vuelve hacia mí para darme la bienvenida veo de cerca sus rasgos duros, su mandíbula afilada, el lunar que permanece estampado tres o cuatro centímetros sobre la comisura de sus labios finos y las pocas arrugas que le cruzan la cara. La Tana, por lo que se ve, no hace ninguna concesión a los afeites, pero tiene buena piel. Es casi tan alta como yo, y luce sin pretenderlo el cuerpo fibroso de una mujer de cuarenta años que se entrena para maratones y hace pilates diez veces al mes. Detecto en sus pupilas una rara mezcla de desconfianza y melancolía. Adjudico la primera al reconocimiento instintivo de encontrarse frente a un luchador, y la segunda, a una vida llena de dolores variables. Nos sentamos en el sofá y ella ocupa un silloncito de pana.

Hace dos horas Palma nos envió por correo páginas escaneadas de su carpeta. Le leí en voz alta al coronel los tramos más sustanciosos, mientras avanzaba la tarde y él bebía un aperitivo en una brasserie de la zona del Trocadero, adonde habíamos llegado a pie después de una marcha larga y sin rumbo. Coletti y Garmendia habían participado en la Operación Gabriela: en menos de una hora, cincuenta guerrilleros coparon la ciudad de Garín, asaltaron la sucursal del Banco Provincia, intrusaron la oficina de Entel, inmovilizaron la estación del ferrocarril y tomaron un destacamento de la Bonaerense. Robaron plata, armas cortas y largas, y municiones. Y mataron a un policía. La Tana no tendría más de 17 años.

—Hace mucho que no vuelve a Buenos Aires —dice Cálgaris para romper el hielo—. No al menos con su pasaporte oficial.

—Nunca más pisé Ezeiza —replica ella sin el menor rasgo de humor: no está acostumbrada a las relaciones públicas ni a las tertulias. Su voz suena honda y grave—. Pablo es un amigo entrañable, y ahora también es mi confesor. Me dijo que podía confiar en usted.

—Estamos colaborando en esta emergencia —responde el viejo acariciando su abrigo, que ha puesto sobre las rodillas, y dándole cierto énfasis a la última palabra.

La Tana no se relaja: atraviesa con su mirada la cabeza del coronel y me echa breves ojeadas de costado, como si estuviera haciendo una composición de lugar y una evaluación de cuánto le costaría dejarme fuera de combate. Me sorprende que esa karateka profesional de cierta belleza no exude el menor erotismo. Puro cerebro, músculos y tendones; sexualidad cero.

Trato de imaginarla en su juventud, cuando era simplemente linda, estaba enamorada de Garmendia y había entregado su vida a la lucha armada. Se le acredita la participación en varios atracos resonantes y en secuestros extorsivos. También una temporada en La Habana, donde los dos recibieron adiestramiento en guerra de guerrillas y en armado de explosivos. Eran parte de la élite de las FAR, y en octubre de 1973 pasaron a revistar como oficiales en la estructura de Montoneros. Esa fusión no hizo más que llenarlos de adrenalina y trabajo clandestino. Perón ordenó reprimir a la izquierda peronista y Garmendia sufrió un atentado del que salió ileso, y después fue secuestrado en Boedo. Apareció una semana más tarde en un baldío: tenía signos de tortura, y varios disparos de pistola. Lo habían dado por muerto, pero sobrevivió después de tres meses de coma, cirugías y rehabilitaciones. Bajo tormento, el Vasco la había marcado, y en cuanto retomó la lucidez mandó llamarla y le pidió que saliera del país porque su vida corría peligro. La Orga, por supuesto, estaba en desacuerdo con aquella defección y con aquel exilio prematuro, pero Garmendia logró convencer a su novia de desobedecer la orden y rajarse a Europa, y fue sometido a juicio interno y castigado severamente por esa "debilidad burguesa". Convaleciente y marginado, el Vasco continuó en la lucha armada, y se escapó a México durante los últimos días de febrero de 1976. Allí salió a flote dando clases de inglés, y reingresó vía Paraguay durante la Contraofensiva: fue uno de los escasos sobrevivientes de aquel moridero. Se ocultó en Brasil hasta que retornó la democracia, y se dedicó al gremialismo clasista y combativo, y a las organizaciones de base: huelgas violentas, cortes de ruta, resistencia. Aunque es bien sabido en nuestro ambiente que Garmendia comenzó a alquilar su fuerza de choque: en algún momento se volvió codicioso, y más o menos cualquier causa le pareció plausible con tal de "recaudar para los humildes".

—Nuestros colegas del CNI aportaron algunos rumores sobre usted, madame —dice Cálgaris mirando los diplomas de las paredes y la vitrina con medallas, trofeos y estatuillas—. No nos hemos abocado a confirmarlos, la verdad. Estuvimos más ocupados en otros temas. Usted salió de nuestro radar hace décadas.

—Supongo que el CNI no se equivoca —repone ella sin el menor sentimiento.

Las garantías que Pablo le dio no son suficientes para alguien que fue muchas veces invisible y traicionada. El anexo del Centro Nacional de Informaciones de España indica que, posiblemente por intermedio del mismísimo Garmendia, madame Coletti había conseguido un contacto etarra, se había mudado al sur de Francia y había entrenado a varios cuadros, aunque nunca se pudo probar legalmente esa actividad. Cuando comenzó la guerra sucia contra ETA, ya la Tana había abandonado el conchabo y era empleada en un gimnasio de los suburbios de París. Desde entonces, todo fue progreso y participaciones blancas en acciones solidarias, reclamos por la igualdad, foros ambientalistas, marchas por las libertades civiles y humanitarias, solicitadas feministas y militancia por los refugiados de África. Un proceso de sanación.

—Los colegas no han dejado de registrar que usted y su antiguo novio se encuentran de vez en cuando en Bilbao —insiste Cálgaris, que no se deja impresionar.

—Cada vez que viaja, pagado por alguna fundación, recala unos días en la tierra de sus padres, y yo me tomo un avión para verlo. —Ella ni siquiera se permite asentir o encogerse de hombros; está sentada y erguida en la misma posición del principio, como si fuera una esfinge de granito—. Somos buenos amigos, aunque nuestras vidas hayan tomado caminos diferentes, coronel.

—Puede llamarme Leandro.

Jamás lo llamará Leandro, ni bajo los efectos del pentotal o la picana.

—Tampoco pensamos igual —apenas dice, y parpadea por primera vez, como si intentara una sonrisa que no le sale—. El Vasco me acusa de eurocéntrica y de no haber dejado nunca de ser una *cristianuchi*. Pero está tan entusiasmado como yo con Francisco.

—No es la teología de la liberación, pero se le parece.

—Todos vamos por distinto camino, pero al mismo lugar.

—El paraíso en la tierra.

Ahora noto un pequeñísimo rictus que la delata. Pero rápidamente lo esconde, se cruza de brazos.

—¿Dónde conoció al Papa? —pregunta Cálgaris.

—Es una larga historia —dice—. Conocí antes a sus apóstoles, en seminarios internacionales. Y estudié sus textos. Puebla, Aparecida, *Laudato si'*.

—¿La recibió en Santa Marta?

—Una vez en el Vaticano, otra durante las jornadas de Río de Janeiro, dos veces en Santa Marta. Tengo ese inmenso honor.

—¿Usted fue el puente?

—No, no —dice sin menear la cabeza—. A Garmendia lo recomendó gente de la Iglesia argentina.

Cálgaris ya no la mira, sigue acariciando su abrigo como si acariciara el lomo de un gato. Es un juego de silencios, tan cargado y tenso como el que mantienen dos ajedrecistas sin reloj.

—¿Por qué está tan preocupado el padre Pablo, madame?

Vuelve a echarme un vistazo y después se mira la punta de los pies. Se toma unos segundos, y cuando decide hablar no contesta; antepone una advertencia:

—No quiero que salgan lastimados, ninguno de los dos. Pablo me aseguró que usted acataría esa condición.

Cálgaris se toca de nuevo el bigote, adivinando las corrientes internas que fluyen dentro de esa mujer aparentemente impávida.

—Acepté ese trabajo, Sandra, voy a cobrar por él, así que no me cuesta darle mi palabra —dice al fin—. Aunque asumo que no es fácil salvar a un depredador de su propia naturaleza, ni siquiera para sacarlo de una trampa mental.

—Tendrá que usar mucho tacto —conviene—. Le debo al Vasco mi vida, entiéndame.

—La entiendo.

Se queda callada otros segundos, como si no supiera por dónde empezar, o cómo pronunciar lo que debe, aunque de la manera más elusiva posible.

—Pasamos tres días en Bilbao —comienza—. Hacía dos años que no venía. Lo noté exaltado, nervioso. Nunca antes había necesitado la cocaína.

—En los 70 eso también era un veneno burgués.

—Y peligroso para nuestra seguridad. Eso no le impidió al Vasco darle a la botella durante todos estos años, pero la coca ya es otra cosa. Ahora está sobregirado, paranoico, monotemático.

—Convencido de que el gobierno es una dictadura.

—La continuidad de la dictadura militar, y que se persigue a los compañeros como en la Revolución Libertadora.

—Son corruptos, madame. Se los persigue con el Código Penal.

—Podría discutírselo, coronel, pero no viene al caso.

—El punto es que una dictadura habilita una resistencia violenta.

—Ese es el punto. Sí.

Carraspea Cálgaris, y se ayuda con un pañuelo: se limpia también una lagrimita sin emoción. Después coloca un codo en el apoyabrazos y se sostiene la cabeza, mientras se la masajea en busca de una idea.

—En la Argentina hay muchos nostálgicos de la revolución, algunos son enfermos psiquiátricos, pero también está la muchachada nueva que le encanta jugar sin consecuencias. Es una especie de juego virtual, como la playstation. Están a salvo y calentitos, pero entran en ese mundo simulado y son los héroes. Matan y mueren, y al final apagan, y se van a comer una hamburguesa a Palermo Hollywood.

—Garmendia no tiene playstation —lo corta—. Me habló de una operación militar.

—¿Usó la palabra "militar"?

—Exacto.

—Y usted sabe muy bien lo que eso significaba en el pasado.

—Tengo buena memoria.

—¿Qué más le dijo?

—Nada más, y nada menos.

Ahora Cálgaris se inclina hacia adelante, con los codos sobre las rodillas, y la escruta de cerca. Yo me lo imagino a Garmendia desorbitado, diciéndole: están de regreso, ¿no te das cuenta? Son sus herederos, son los mismos. Hay que coparles la calle, quemarles el Congreso, pararlos como sea.

—¿Discutieron?

—Traté de sacarle esa estupidez de la cabeza. Me acusó de haberme domesticado y reblandecido en el confort del primer mundo. Usó esos términos.

—Una acción insurreccional. —Cálgaris se rasca el mentón—. Un golpe de efecto.

—No tengo idea —repone—. Se cerró completamente cuando quise rebatirle los argumentos políticos.

—Pero usted lo conoce bien.

—Me guardé varias semanas la información, y no pude más: me quemaba por dentro. Sé que Francisco jamás toleraría un asunto semejante.

—El Vasco está convencido de que la Iglesia de los pobres está retomando su carácter revolucionario.

De repente ella se pone de pie, dando por terminado el coloquio. No queda ningún dato relevante, o al menos ninguno que quiera transmitirle a ese viejo espía de doble filo que cobra por hora. Es fácil deducir que se siente una soplona, pero también que se deja llevar por su confesor: hay que luchar contra los demonios de Garmendia, y rescatarlo de una catástrofe. Se imaginan el día después de aquel "golpe de efecto", y las fotos con el Papa en la portada de todos los diarios del mundo. Por fin comprendo la dimensión total del asunto, y por qué nos van a pagar una fortuna.

Chez René es un restaurante tradicional de toldo verde que queda sobre el boulevard Saint-Germain, y a esa hora y con relativo buen clima no cabe un alfiler en las mesas de la vereda ni en su interior, que es el área predilecta de los parisinos; al contrario de los animados visitantes, los locales suelen ser mucho más silenciosos y discretos, de manera que se puede conversar tranquilamente en cualquier ángulo. La dama del *foulard* rojo lleva esta vez un vestido de lentejuelas negras por encima de la rodilla, las piernas enfundadas en unas medias opacas y unos stilettos de charol. Tiene un pequeño brillante en el cuello y una copa de vino tinto en la mano: todavía no ha hecho el pedido, y me sonríe con suficiencia, suponiéndose irresistible y saboreando su triunfo. La saludo con un beso superficial en la boca, apenas un roce, que la sorprende pero que no rechaza, y le pregunto si sirven *boeuf bourguignon*. "Esto no era un encuentro romántico, sino un intercambio lingüístico", me recuerda, muy divertida. Pienso en su lengua. Se llama Claudine Le Brun, me llamo Oscar Conde. Es pintora, soy profesor de historia. Pero no hablemos de nuestro *métier*, le prepongo. Ella ordena un tartar de salmón, que apenas prueba, y eso me convence de que no le interesa tanto la comida como la conversación y el cortejo. Igualmente, no puede con su genio y me cuenta que su marido es industrial, que tiene una fábrica en Revin y que viaja semana por medio a esa zona para gestionar el negocio. Dos hijos grandes: uno es médico y vive en Tokio; el otro estudia diseño gráfico y comparte con ellos un piso en el barrio Latino, aunque muchas veces solo lo usa de dormitorio. Me pregunta cómo es mi vida, le respondo que soy huérfano, divorciado e insignificante. Se ríe echándose hacia atrás la melena gris: su lenguaje corporal es inequívoco. Tengo, para la ocasión, una identidad falsa aprendida de memoria, pero trato de no ponerla a prueba. Al tercer intento, ella se resigna a que hablemos de cosas sin importancia, para practicar el idioma y para pasar el rato, pero la charla es galante, por momentos sarcástica, y se va calentando. Al salir a la vereda me pide que crucemos el puente. Nos demoramos en el Pont de la Tournelle para contemplar el paisaje. Y no resiste preguntarme por la antigua historia de París: le hablo de Fouché y le relato todo lo que recuerdo del famoso episodio de las joyas de María Antonieta, y ella me habla de Jacques-Louis David y de *La muerte de Marat*, y se apasiona describiendo la técnica que utilizó para inmortalizar a la reina desdichada camino al cadalso: "Un boceto en tiempo real, con una mujer avejentada y triste y soberbia que llevan en un carro con las manos atadas en la espalda". No hace mucho frío, así que cruzamos la isla y más adelante el Pont Marie, y volvemos a detenernos para asomarnos al hormigueo de los barcitos de la orilla, y al paso iluminado de un lujoso catamarán lleno de turistas orientales que bailan conga. En un tramo de oscuridad plena, gira su cabeza y me toca el pelo, como si estuviera quitándome una hoja o iniciando una caricia. Aprovecho para rodearle la cintura y besarla; su boca es una mezcla suave de dentífrico y vino tinto. No solo responde con los labios y con los dientes y con la lengua; también lo hace con todo el cuerpo. Después se ríe y se recompone, y caminamos juntos y a veces del brazo por la *rive droite*, y cruzamos y alcanzamos el boulevard Saint-Michel, haciendo algunas escalas para comernos vivos. Claudine persiste en tomarme lecciones sobre la Revolución Francesa, mientras me muestra lánguidamente edificios y estatuas: le cuesta creer que me dedico a algo tan inofensivo como el pasado. Le aclaro que enseño historia argentina, y ella me pide al oído que la lleve a mi cuarto. "Mi casa no es una opción", susurra. El recepcionista de esa noche resulta ser un senegalés inexpresivo que no pone reparos, así que subimos hasta mi habitación y ella arremete con ansiedad, pero yo me aparto, le quito caballerosamente el abrigo y la invito a que tenga paciencia y se siente en la cama. Lo hace, intrigada, y yo me arrodillo para quitarle los tacos, y para acariciarle las piernas delgadas y levantarle el vestido de lentejuelas hasta encontrar en la cintura la llave de toda la pieza: tiro lentamente hacia abajo y arrastro las medias y la tanga, y cuando bajan hasta las pantorrillas comienzo a lamerla y ella se recuesta entonces sobre sus codos, y gime y se arquea y pronuncia frases en un francés sucio de castellano. A diferencia de otras mujeres, esta no necesita imperiosamente que la penetre. Me pide de hecho que no abandone por nada del mundo ese objetivo, me retiene cuando amago retirarme y tiene varios orgasmos durante esos largos minutos donde la vida se encuentra en suspenso. Cuando finalmente me aparto, nos desvestimos a gran velocidad y ella retrocede hasta la almohada con los pezones duros, abierta y brillante de sudor, y me ordena que cumpla mi cometido. Las luces permanecen apagadas, apenas entran por la ventana los reflejos de la luna y de algunos faroles y carteles de la calle, así que maniobramos en una conveniente semipenumbra. Cuando se la meto pega un grito y le tapo la boca porque sé que esto será un escándalo, y que tarde o temprano el senegalés tocará a la puerta. No resulta una dama dominante, pero es a la vez aguerrida y entregada, y requiere todo el arsenal. Y no es afecta a dar nada a cambio: recién dos horas después, enciende el velador e intenta resucitarme con su boca y a punto de conseguirlo se aparta unos instantes y repasa con una sonrisa de asombro mi cuerpo desnudo: el tatuaje del águila sobre el corazón y los costurones de las viejas heridas, y en la espalda, otras huellas dolorosas, y la espada y la calavera. “No parece el cuadro de un profesor”, suspira en un español inseguro: tiene el ceño fruncido. "Recuerdos de la guerra —le contesto—. Monte Longdon, 12 de junio de 1982. Cincuenta muertos, doscientos heridos. Y luego unos años de trauma y de locura juvenil, hasta que senté cabeza". No se la ve muy convencida, pero yo la doy vuelta sobre el colchón, y le acaricio la espalda y le beso intensamente el tercer ojo, y meto mi mano por debajo para tocarle el clítoris y al final se arrodilla y se agarra fuerte del espaldar, y yo le hago el culo con mucha paciencia y delicadeza, para que acabe y lance otro gruñido animal. Luego fumamos en la cama y nos miramos en silencio. Le pregunto por una cicatriz pequeña y graciosa que tiene en la cadera, y me cuenta un remoto accidente en bicicleta por las calles de Amiens, la ciudad donde vivían sus abuelos maternos y donde pasaban las vacaciones. Pone tanto empeño en la narración que parece como si se hubiera tratado del gran acontecimiento de su infancia. Más tarde me pregunta cómo consigo mantener ese aspecto impresionante de boxeador veterano; le hago un repaso de mis rutinas en tierra y agua, escondiendo las sesiones de lucha real y los cursos renovados de las Fuerzas Especiales. Es una mujer inteligente, y presiento que intuye mis mentiras. Eso no le impide mirarme con ternura. Pero solo es la ternura de una hembra saciada. Pasa por el baño y comienza a vestirse: "Voy a necesitar un taxi, profesor", me punza. Alcanzamos perezosamente el boulevard y me besa con la boca abierta antes de subirse al coche, pero ni siquiera se vuelve para mirarme cuando el chofer arranca. Dado que mañana parto hacia Buenos Aires, este parece ser el adiós definitivo a una pasión circunstancial, pero no estoy para nada seguro: esa cicatriz de la cadera tiene todo el aspecto de una vieja herida de calibre 32.

III

El VASCO

La Señora 5 está cada día más irritada con el Presidente y su declamado "republicanismo de zapatitos blancos". Comete igualmente algunas tropelías discretas en la Casa, pero le encarga todo el tiempo misiones ocurrentes a la Casita. Que Leandro Cálgaris encaja con malhumor creciente: "No hay nada peor que un pelotudo creativo". A Belda la fascinan, entre otras, dos viejísimas ideas: reclutar psicoanalistas prominentes y captar a un grupo de prostitutas de alta gama. No es que no hayamos incursionado con anterioridad en esos rubros clásicos, que son muy gravosos de mantener, en tiempo y dinero, pero ella está empeñada ahora en redoblar la apuesta y en invertir mucho más: pretende armar redes nuevas y espiar al poder, y es terca en su capricho. Palma, excitado por la guita y el desafío, subcontrata a varios hackers de confianza para meterse en las redes, en los teléfonos y en las computadoras de veinte o treinta terapeutas, que Maca le ha seleccionado en base a nuestros archivos. Pescamos con mediomundo y necesitamos cuatro meses de tanteos, marchas y contramarchas, y de tamizar la información y cruzarla, para acercarnos a los primeros objetivos potables. Maca sigue ejerciendo como psicóloga y psiquiatra en la planta baja de la base Chacabuco, pero en ocasiones es requerida directamente por la Señora 5 para que le cuente los progresos, algo que fastidia todavía más al coronel. La gordita de facciones agradables y tetas portentosas, frecuentemente engamada en rojo furioso de pies a cabeza, hace amistad con Belda, pero al regresar siempre le reproduce a su verdadero jefe con pelos y señales los encuentros con la jefa: no quiere cometer la menor infidelidad. A pesar de eso, Cálgaris y yo sabemos de sobra que a Maca la divierte muchísimo esta comisión, sobre todo porque le permite husmear en la trastienda de sus colegas de renombre, analizarlos bajo la óptica del zodíaco y destriparlos con su mala leche. "Nunca mezcles el trabajo con el placer", le advierte el coronel cada vez que puede. Ella traga saliva.

Se nos escapan, por supuesto, algunos peces gordos del psicoanálisis: aquellos que la propia Casa ha protegido con cortafuegos, y otros seis o siete que escuchan en el diván a los políticos y empresarios más relevantes, pero que no revelan a simple vista personalidad ni materia inconveniente o inconfesable para una propuesta o una extorsión. Aparece por fin uno de ellos que resulta ser un ludópata de manual, y que está en manos de un prestamista, así que compramos su deuda a cambio de un informe mensual sobre las angustias y los deslices de un miembro de la Corte. Hay otro que se coge a la sobrina: implorando piedad, se revela como un informante minucioso de las debilidades de un periodista estrella y las burradas de dos jueces federales. Una carambola. Completamos el quinteto con dos profesionales y un *coach* que está de moda: a los tres los visita y sondea Cálgaris, después de haber leído los legajos que le armamos para cada ocasión. Los profesionales cuentan con buenos antecedentes: uno escribió informes para la Dirección de Inteligencia Criminal de Gendarmería y el otro estuvo contratado tres años por el Departamento de Inteligencia Penitenciaria. Tienen el estómago de acero, los cheques de la Casita les parecen irresistibles y su nómina de pacientes justifica el pago: hay comisarios de la Bonaerense, intendentes del conurbano, diputados provinciales y dos senadoras de la Nación. El *coach* es codicioso y adicto a la influencia. En su lujoso penthouse de Puerto Madero organiza encuentros entre ministros, políticos de la oposición y altos ejecutivos, y también atiende individualmente a cada uno de ellos, impostando las técnicas de Freud. Escribe al final de cada jornada, y con ayuda de sus apuntes, un relato pormenorizado en cada ficha, y guarda todo celosamente bajo llave. Cálgaris ofrece facturas de una consultora política en canje por sus servicios, que no figuran por escrito pero que consisten en simples fotocopias semanales de aquellas anotaciones. El *coach*, un adalid de la moral, solo pone una condición: todo *cash* y en euros.

En el terreno de las putas, el coronel tiene un viejo y eficaz facilitador y un negocio de lujo en el microcentro, que incluso le reporta algunas ganancias, pero a Belda todo ese emprendimiento le parece vetusto y de medio pelo. Y no tiene empacho en decírselo en la cara. Cálgaris se toma un Talisker doble sin hielo para reprimir el disgusto y el mal genio, y se concentra en la tarea. Nuestro cafishio traza un mapa y presenta a camaradas y competidores de otros ambientes. Una agencia de modelos, un representante de actrices y actores, un contador vinculado a las carreras de automovilismo y un proveedor de hoteles cinco estrellas. Como Cálgaris dispone de una billetera generosa y además ofrece una cierta protección, los tratos quedan rápidamente en firme. El coronel exige partes de inteligencia semanales, con los que alimentar a Belda y mantenerla entretenida. Extrañamente, pone su atención en Débora Rig, el nombre de fantasía con el que trabaja una mediática de lengua filosa, que hace porno, es panelista y cobra tres mil dólares el polvo. En nuestra jerga interna le decimos la Rubia, y Palma tiene la orden de vulnerar sus correos y sus chats, y yo de seguirla día y noche con motoqueros. No cuesta demasiado descubrir sus contactos y prácticas; tampoco que está enganchada con la coca. Palma consigue, a las tres semanas, una información que vale oro: su *dealer* le ha pedido que le guarde medio kilo por unos días en la heladera. Cálgaris quiere reclutarla, pero mantenerla fuera de los ojos de Belda, y me hace responsable personalmente de su gerenciamiento diferenciado y bajo secreto total. Con el Salteño le tiramos abajo la puerta y le pegamos un susto padre. Está en bolas y dada vuelta; su departamento de la calle Uruguay es un verdadero desastre. Vamos con camperas y gorros de la Policía Federal, y armas largas. Le reventamos la heladera, la vestimos, la esposamos y le leemos los derechos. Y la sacamos del edificio con un tapado sobre la cabeza, como si la estuvieran esperando en la vereda los movileros. No nos dirigimos al Departamento Central de la calle Moreno ni a una comisaría de barrio, sino al sótano de la base Chacabuco, donde hay un pequeño sector de celdas individuales y una sala de interrogatorios que no usamos nunca. Le damos a la Rubia unos calmantes y la dejamos a solas un día entero, para que se recupere de la falopa y se muera de miedo. El Salteño la vigila y le da de comer, y luego le permite ducharse, y le entrega ropa limpia. Cuarenta y ocho horas después ella pide un abogado y grita, y tiene síndrome de abstinencia. Al tercer día, la conducen mansita hasta la sala, donde la espero con el paquete de cocaína sobre la mesa, la presunta acta de detención y un atado de cigarrillos. Estamos solos, a puertas cerradas, pero detrás del vidrio Leandro Cálgaris mordisquea su pipa.

Débora Rig podría ser una versión vulgar y esforzada de Brigitte Bardot: tiene buen lomo y piernas largas; una melena lacia y de un rubio artificial que le llega a la mitad del culo, con un flequillo espeso que le tapa las arrugas de la frente. En las revistas y en la televisión los ojos van cargados de maquillaje oscuro, pero a cara lavada resultan marrones, comunes y silvestres. Los labios, los glúteos y la pechera debieron haber costado un huevo. No tiene más de cuarenta años, pero su alma es tan vieja y gastada como la mía.

—¿Por qué no me dejan llamar a mi abogado? —pregunta, y en su tono hay una mezcla de indignación fingida y de pavura.

Tardo cincuenta segundos en responderle, y en levantar la vista de las hojas. Al final, le sonrío y me inclino hacia adelante para encenderle el cigarrillo. Ella tira la cabeza hacia atrás y se llena los pulmones de nicotina, y me mira con expectación. Le tiembla un poco la mano, está pálida como un resucitado.

—Si llamo a tu abogado estás liquidada, rubia —le digo—. Porque antes de llamarlo tengo que avisarle al fiscal, y también iniciarte el sumario de prevención.

Confundida, con la boca abierta, pestañea varias veces, mira la cocaína y después la papeleta y vuelve a mis ojos, que no le dicen nada. Pero es veterana, y algo sospecha.

—Te juro que yo no la vendo, boludo —dice como si hiciera falta—. El paquete es de un amigo. Puedo darte el nombre y el teléfono, si lo necesitás. Pero yo no la vendo.

—No sé, estás hasta la concha, rubia —le explico.

Ahora le tiembla el mentón.

—¿Hay alguna forma de arreglar esto? —balbucea.

—Siempre hay una forma.

Le pega un vistazo rápido al vidrio espejado, y respira pesadamente: los nervios le quitan el aliento.

—¿Venta a porcentaje? —me pregunta.

Tiene experiencia en el asunto.

—No me interesa la merca —le digo.

Queda noqueada, no entiende qué pasa ni qué pretendo. La ceniza del cigarrillo se fue acumulando, crece como una uña en forma de caracol: en cualquier momento se quebrará y se vendrá abajo. No se acuerda ni de fumar el cigarrillo que sostiene en su mano derecha. Su cerebro hace cuentas, baraja velozmente distintas posibilidades. Supongo que se le pasa por la cabeza que quiero cobrarle en especies. Toco el paquete cerrado, lo acaricio, y al final la saco de toda duda:

—Me interesan tus clientes.

Todavía no cae:

—El negocio apenas me da para comer y para hacerme algún recauchutaje, porque ya no soy una pendeja. No tengo ni ahorros.

—Los secretos de tus clientes —especifico.

Se queda patitiesa. La ceniza por fin se desmorona, y aun así no recuerda que está fumando. Ahora le pasan por dentro toda clase de sensaciones. Yo aprovecho su conmoción para recoger el acta apócrifa y romperla en pedacitos. Se los deposito uno por uno en una pila bien ordenada, bajo las narices, y empujo el paquete hacia ella para que lo agarre y se lo lleve.

—Te vamos a guiar —agrego—. Y nadie va a poder meterse con vos.

Los ojos marrones están desorbitados y el corazón le galopa.

—Te tenemos filmada y te vamos a seguir vigilando de cerca —le aviso—. Estás en período de *probation*. La inversión tiene que rendir. Todo puede volver atrás si no rinde. Ya sabés lo fácil que es esto para nosotros.

Ahora se pasa una lengua por los labios resecos y traga dificultosamente el cagazo que lleva encima. Le cuesta salir de su asombro.

—¿Me voy? —pregunta, como si fuera un mal sueño con un peligroso final feliz.

Toco un timbre bajo la mesa y el Salteño abre la puerta y entra en la sala. Lleva, como de costumbre, el pelo crespo cortado al ras, una corbata deslucida y una Bersa calibre 380 CC en su cartuchera de la cintura.

—Acá mi compañero te va a explicar cómo se escribe un parte, y cómo lo mandás por vía especial y con sistema cifrado. Y yo te voy a visitar seguido. El asunto exige cierta disciplina, así que cuidado con la frula.

El Salteño recoge el paquete de cocaína y se lo entrega. Ella vacila, no sabe si agarrarlo. De pronto me mira con sinceridad y lucidez:

—Si se enteran, me matan.

Asiento despacio, dándole algo de razón. Porque la tiene.

—También vamos a potenciar tu cuenta de Instagram —le anuncio—. Un técnico nuestro te va enseñar cómo multiplicar la audiencia y cómo viralizar temas.

Una vez más Débora Rig parece anonadada. Son demasiadas novedades, no puede procesarlas bien, y además, quiere saber por qué ella y por qué tantas molestias. Le advierto que le vamos a proveer información exclusiva, explosiva y clasificada. Se lo traduzco al cristiano básico para que entienda el otro aspecto de su nuevo trabajo:

—Vas a quemar gente.

La primera precaución que toma el coronel consiste en tabicar por completo también la investigación de Garmendia. Recurre a un veterano camarada de la Casa y le paga para que duplique y escanee en secreto los biblioratos del "movimiento patriótico", que son incontables: vienen de los años 70 y se van engordando a lo largo de la era democrática con expedientes judiciales, transcripciones de interrogatorios, seguimientos, infiltraciones, filmaciones y escuchas de varias fuerzas de seguridad. A eso le sumamos el material obtenido por la Casita, que tampoco es escaso. Nos abocamos a analizarlo todo y a tomar notas; también a armar el nuevo organigrama interno: con fondos del Estado peronista el "movimiento" creció de manera exponencial. Es ahora un árbol con muchas ramas. La rama juvenil, la piquetera, la docente, la gremial. Y también el Frente Judicial, que trabaja día y noche para liberar a los presos de la "represión". Identificamos a la cúpula y al entorno del Vasco, y Palma se dedica a pincharles los celulares y a vulnerar sus corazas informáticas. El Salteño coordina los avistamientos: le obedecen cuatro motoqueros que los persiguen y fotografían por toda la ciudad y por el conurbano. Maca construye un perfil psicológico del líder. Y al cabo de dos semanas, todos comparecemos en la oficina del viejo, que está escuchando bajísimo a Billie Holiday, en mangas de camisa, con sus tiradores y sus gemelos de oro, fumando su tabaco perfumado.

—Recibí sus correos —comienza—. Creo que lo más novedoso, Remil, es la conexión con Irán y los hostigamientos a la embajada de Israel.

—Palma detectó algunos flujos de dinero —le recuerdo.

—Puedo contarle la operatoria —se entusiasma el hacker. Lleva una remera de *Los juegos del hambre*: una chica en llamas nos apunta con un arco y una flecha. Palma recurre a su tablet. Cálgaris lo para en seco:

—Esos son flujos menores. Sirven para el mantenimiento, nada más.

—Hicimos un cálculo y sabemos más o menos cómo administran los fondos de las dos organizaciones sociales que controlan.

—Sí, sí, reciben cien y reparten sesenta, y con el resto financian la operatividad —se anticipa el coronel, que parece irritado—. El Gobierno les da guita, y con ese combustible le incendian la pradera. Casi todos le hacen lo mismo. Es un gobierno de boludos.

—El Vasco se mueve por todos lados —explico, ya sin entender qué podemos agregar verbalmente a lo que pusimos por escrito—. Tiene una agenda repleta. Contactos con políticos, actividades universitarias. Se encuentra con abogados y fiscales. Gerencia el piqueterismo, recorre los barrios, viaja al interior.

—Y se da tiempo para aparecer en algunos programas de cable —asiente Cálgaris, y observa a Palma, que intenta llevarse un chupetín a la boca—. Las transcripciones son más bien pobres.

—Recién empezamos —se atraganta el nerd—. Y además, da la impresión de que tienen orden interna de cuidarse.

—Cuando están en el territorio usan *walkie talkie* —acota el Salteño.

—Me interesan esas fotos que le hicieron el martes —repone Cálgaris haciéndole un gesto con los dedos. El Salteño las busca en su carpeta y le extiende dos o tres por encima del escritorio. Son fotos de treinta por veinte, ampliadas y con mucho grano: Garmendia almuerza con un sacerdote en un restaurante de Martínez.

—Se llama Sánchez Arminio —explico, pero Cálgaris ya sabe de quién se trata.

—Le gusta más la política que el Evangelio —sonríe, arroja los bifocales y se refriega los párpados—. Bergoglio y él se hicieron la vida imposible. Hasta que al hombre lo coronaron en Roma, y entonces monseñor se convirtió de la noche a la mañana en bergogliano. Y en más papista que el Papa.

—Y Francisco olvidó el pasado.

—A los enemigos ni justicia. Pero a los arrepentidos, puente de plata.

—Como sea, parece ser el referente de Garmendia, y quien le abrió las puertas del Vaticano.

—No cabe la menor duda. —Cálgaris fija en Palma sus ojos acuosos pero imperativos—. Quiero escuchar hasta los pedos que se tira monseñor.

—Por supuesto —suelta el hacker, y de la emoción, el chupetín se le resbala de la lengua. Lo recoge con disimulo.

—Vamos a concentrarnos en Garmendia —dice el coronel, dándole la palabra a Maca.

—Tiene, como es previsible, un síndrome mesiánico —responde la gorda abriendo su cuaderno rojo—. Aquel idealismo de la juventud se combinaba con una pasión por el riesgo y la aventura. Después el trauma de la realidad y la culpa del sobreviviente lo enrocó en su idea, que se volvió obsesiva. Siente íntimamente la necesidad de justificar los sacrificios y las muertes de aquella década, y no le resulta posible desprenderse del ideario sin creer que traiciona a sus fantasmas. Les pasó a muchos adeptos a la lucha armada, aunque otros canalizaron esta problemática a través de la política, el periodismo y los derechos humanos. En el caso de Garmendia la lucha no puede terminar nunca, y es muy importante entender que a eso se agregó la autoconciencia de ser una leyenda.

—Es una leyenda para muchos jóvenes que tienen romantizada la revolución y también para viejos compañeros de ruta —completa el coronel exhalando otra bocanada de humo—. El "movimiento patriótico" se considera peronista de izquierda, guevarista, trotskista, marxista leninista, socialista del siglo XXI. Una ensalada de frutas.

—Acepta fierreros de cualquier familia —traduzco.

—El Vasco es marcadamente narcisista y dentro de ese grupo se ejerce el culto a la personalidad —continúa Maca revisando los apuntes—. Su palabra es incuestionable, y le gusta contar sus hazañas de otros tiempos. Trabaja mucho su propio mito. Cada vez que alguien quiso cuestionarlo fue tildado de traidor y echado sin miramientos. Lo adulan y lo adoran como a un santo. Las mujeres se sienten honradas de ser elegidas como amantes. Todos acatan por igual sus órdenes racionales y sus caprichos.

—Del delirio místico al delirio revolucionario hay un paso.

—Religiones y fanáticos —conviene Maca, y me admira que calle sus estudios astrológicos: sabe que el coronel los reprueba—. Garmendia exhibe una enorme convicción, suele ser muy persuasivo, por momentos hipnótico, y tiene un sentido de grandeza que es muy contagioso. Se presenta como el médium del espíritu popular. La vanguardia de un pueblo bueno, que él encarna con la misión de despertarlo y conducirlo alguna vez hacia la liberación.

—Viven dentro de una burbuja de sentido —piensa Cálgaris en voz alta, contemplando el cielo raso—. Consumen información confirmatoria y se piensan acompañados por las masas. Tienen su relato y su catecismo. Y una misión divina. Una típica secta izquierdista.

—Con algunas particularidades —digo—. Fluidos contactos con el clan de Nicaragua, socios en Caracas, buenas migas en La Habana, contratos con el servicio secreto iraní, simpatía de la Iglesia católica.

—No es solamente simpatía —sonríe el coronel, reflexivo—. Y ahí está la única originalidad del "movimiento patriótico". Lo demás es el menú antiyanqui de siempre.

—Abusa de la cocaína —finaliza Maca, cerrando su anotador—. Pero no es un adicto perdido. Garmendia tiene ánimo fluctuante, y períodos de calma y de exaltación.

—En Bilbao estaba exaltado —recuerdo.

El viejo parece haberse quedado atrapado en alguna estación anterior.

—Los discursos públicos no son inocuos, calan en la gente: hace quince años que les hacen homenajes y documentales laudatorios, y que se les enseña a los pibes en las escuelas que la "juventud maravillosa" luchaba por la democracia. —La risa le arranca flema y tose en un pañuelo—. La democracia, qué gracioso. Imaginate que los colegios españoles e italianos glorificaran la lucha de ETA o de las Brigadas Rojas, y batieran el parche y los blanquearan, y les dieran la razón. La razón histórica.

Se produce una larga pausa, y comprendemos que el coronel dará por finalizada la reunión con una orden simple: redoblen esfuerzos, porque hasta ahora no consiguieron una mierda. La primera que se levanta es nuestra psiquiatra, la sigue el Salteño tronándose los dedos de la mano izquierda: puede ser una vieja herida, un mal puñetazo o una artritis. Los veteranos de Malvinas nos estamos poniendo mayores. Cálgaris retiene al hacker y me hace una mueca; después le da un último consejo a nuestra psiquiatra, que se frena en la puerta: "Cuidado con tu amiguita del Palacio de los Patos, Maca. Que no se te escape una palabra de todo esto porque sos boleta". Ahora la cara de la gorda hace juego con su vestimenta, con sus uñas y con su lapicera. Se retira cabizbaja, y Palma recibe de inmediato la orden de pincharle su notebook y sus dos celulares, y hasta de colocarle un ambiental en su departamento. "Es estómago resfriado", dice Cálgaris rascando las cenizas de su cazoleta. Billie Holiday sigue repasando, una tras otra, sus obras completas. Cuando Palma hace mutis por el foro, el viejo me mira fijo y enciende una vez más su pipa:

—Tengo una idea.

Llueve torrencialmente cuando Bublik es abandonado en la vereda del penal y el portón se cierra a su espalda con un ruido que suena como un cañonazo. El Ruso está como Dios lo trajo al mundo: en camisa, vaqueros y zapatillas, munido de un bolso deportivo y con gesto adusto. Refrescó abruptamente, el cielo está negrísimo, y se avecina una noche de rayos y truenos. Tengo que tocarle bocina y hacerle luces para que se acerque al cordón, y bajarle la ventanilla para que eche un vistazo al interior de la 4x4. Mete la cabeza, lanza en redondo una mirada suspicaz, y tarda todo un minuto en subir: para entonces está empapado. "Tengo hambre", dice peinándose en el espejo lateral. Es un gruñido que me causa gracia. Giro en la esquina y encaro las avenidas más populosas para que el exconvicto aprecie los colores y los movimientos: sé por experiencia carcelaria que el ojo agradece esos primeros detalles de la libertad. "Tardaron mucho, pensé que el trato se había caído", dice pegado al paisaje. La cortina de lluvia cae oblicua, pero las luces de neón se imponen. "No te quejes —replico—. Fue en tiempo récord".

Ya nos tuteamos. Un fiscal pretendía abrirle una nueva causa por el robo de un blindado y su excarcelación había sido cancelada. Cálgaris ofreció, por interpósita persona, voltear el expediente, algo que no salió muy caro: el juez en cuestión, que es muy servicial, prefirió congraciarse con el coronel a ponerse una medalla con un asunto tan insignificante. Un miembro de una banda de pesados había identificado a Bublik como el Mecánico, alguien que supuestamente colaboraba en la logística de sus golpes a bancos y camiones de caudales. Nosotros sabíamos que el testimonio era certero, pero su señoría rechazó el pedido del fiscal, por inconsistente, y ordenó la inmediata liberación del reo. Treinta días no es mucho para tanto. Una cosa hubiera llevado a otra, y al Ruso le habrían caído diez años como mínimo. Le ofrezco un pucho y se lo enciendo: baja el vidrio para lanzar una bocanada larga y para dejarse mojar por la brisa fresca y húmeda. Cierra los ojos, abandonado a esas sensaciones. Si sigue así se pescará una neumonía. Cuando llegamos a Cerviño y Oro, y meto la camioneta en el estacionamiento lateral, le presto un rompevientos que guardo en el baúl y le doy una toalla para que se seque la cabeza. Todo lo acepta sin decir una palabra, y así entramos en Río Alba y ocupamos una mesa del fondo. No abre el menú ni responde a las bromas y recomendaciones de los mozos: ordena chorizos y varias achuras, un ojo de bife, una entraña y una montaña de papas fritas, y me pide que elija un vino. Estoy inapetente, dejo que se coma todo con voracidad y se tome dos botellas enteras de Saint Felicien. Cualquier intento por sacar una conversación se vuelve imposible, y yo no fuerzo nada. No tarda más de media hora en zamparse esa parrillada incompleta, y al final el alcohol no parece haberle hecho el menor efecto. Liquida todavía un flan con dulce de leche, y me regocijo internamente al comprobar cómo lo miran otros parroquianos cuando pago y salimos a fumar a la vereda. Es una mole, con cara de pocos amigos, y camina como un boxeador. Mucha gente, si se lo cruzara por la calle, prudentemente cambiaría de vereda. No iniciamos ningún diálogo, ni siquiera para sobrellevar esa digestión. Lo traslado en la 4x4 hasta un departamento de la calle Maipú, y a la hora convenida le aviso a la chica que baje a abrirnos: es una puta del grupo de confianza y trabaja en el área del microcentro. Bublik la mira con interés, se apea sin saludarme y entra en el edificio. Yo trabo las puertas, suelto el cinturón de seguridad, inclino el asiento y pongo unos tangos de Pugliese. Me adormezco en esa música de la espera hasta que el cliente golpea el vidrio y yo destrabo, bajo el volumen y reenciendo el motor. Una hora pasa rápido. Introduzco en el GPS la antigua dirección y me dejo guiar hasta su casa de Villa Celina. Es un chalet viejo y descascarado, con una cortina de hierro que alguna vez dio a un garaje amplio y que luego hizo las veces de un tallercito barrial. El jardín delantero está muerto, y la puerta carcomida y atacada por grafitis burdos;

cuesta abrirla y pasar a ese comedor helado. El Ruso ajusta los tapones, se hace la luz y surge el desorden del penúltimo allanamiento. No parece importarle mucho: avanza hasta un aparador y trae dos vasos y una botella de whisky barato. Nos sentamos en dos sillones bajos y desfondados, y bebemos en silencio. "Bueno —dice por fin—. ¿Cómo se garpa esta cuenta?". Ahora parece realmente cansado, y con ganas de que desembuche de una buena vez y me mande a mudar. Pero la cosa no es tan simple, vamos por partes. Deposito el vaso en la mesa ratona y le regalo el atado de cigarrillos. Me quedo con uno solo, que es posiblemente el último de la noche. Observo la brasa antes de responderle:

—Tenés que volver a militar.

La gobernadora, que vive con su familia en una base de la Fuerza Aérea, le pide a la Señora 5 una segunda opinión. La apodan despectivamente Heidi, y BB la considera, en efecto, una ingenua y una principiante, pero lo cierto es que varios comisarios hacen cola para matarla, y alguien le dejó un regalo en el hospital Paroissien de Isidro Casanova. Una FMK2, modelo 0, de Fabricaciones Militares: hexágono y trotyl, onda expansiva en 360 grados de hasta seis o siete metros. La incrustaron entre dos caños de agua, contra la pared de un pasillo y cerca de unos tanques de oxígeno; la arandela tenía una tanza invisible que a su vez iba atada a una puerta. Cualquier médico, enfermero o paciente podría habérsela llevado por delante: habría producido una explosión en cadena y posiblemente una masacre. Alguien se dio cuenta, cerraron el corredor y llamaron a la Brigada de Explosivos. Que en estos tiempos de purgas policiales anda con gran trajín: todo el día se registran amenazas en hospitales y escuelas, y hace una semana detectaron en el baño de mujeres de un shopping de Pilar una bomba casera de relojería, aunque vacía y sin potencial. La FMK2 es otra cosa: los muchachos la detonaron en lugar seguro y comprobaron su efectividad y vigencia. Por desidia o por mala leche —uno siempre sospecha lo segundo—, las cámaras de aquel pasillo estaban dobladas hacia un punto ciego, así que es imposible saber quién fue el ejecutor. Heidi confía en su equipo de la Bonaerense, pero Balcarce 50 recomienda que un experto de la Agencia les pegue un vistazo a los procedimientos. El asunto, por sus características, no corresponde a la Casita sino directamente a la Casa, pero Beatriz se emperra en que se encargue el favorito de la reina y se lo impone de mal modo a Leandro Cálgaris, que cuenta de nuevo hasta cien para no mandarla al carajo.

Durante tres días repaso los folios y las actuaciones, mientras corro, y hago fierros y guantes en el gimnasio de Saavedra. Al cuarto día, con una serie de preguntas anotadas en un cuaderno, visito el Paroissien y deambulo por el área de influencia. Al final ceno con los tres principales investigadores del caso, y nos quedamos hasta las cuatro de la mañana deshojando la margarita. Sus respuestas son satisfactorias, la instrucción no tiene grandes defectos, aunque nosotros la haríamos de otra manera. Tendrían que darnos vía libre, mano suelta, y hacer oídos sordos a cualquier denuncia. "¿Apretar exporongas de Departamental? ¿Llevarlos a pasear, hacerles submarino o romperles las piernas? —se ríe la Señora 5—. No, ni hablar. Ella es demasiado correctita". Le preparo un informe con comentarios y sugerencias más o menos legales, para que Belda pueda cumplir, y me dispongo a retornar a Garmendia. De hecho, lo sigo a título personal esa misma tarde hasta La Plata, donde el Vasco brinda una conferencia a sala llena. Me siento en la última fila y observo detenidamente las caras del público: mucho estudiante y hippie viejo, también exmontos y troskos de distintas generaciones. Garmendia es alto, flaco y musculoso; ni siquiera se abandonó a una barriga cervecera. Se afeita todos los días la cabeza y usa un mostacho raído; su mirada parece dura y oscura, y su cara está cruzada por arrugas y pequeñas cicatrices, y por manchas de sol. Comparte panel con un pulcro politólogo de la Universidad de San Andrés que vive en un termo y con un especialista de *Le Monde Diplomatique* que se come las eses para parecer un habitué de los barrios bajos de La Matanza. Cuando le toca hablar a Garmendia, atruenan una y otra vez los aplausos: cuenta anécdotas personales de la resistencia peronista, parece Papillon. Y luego pasa directamente al diagnóstico y a la arenga:

el pueblo está siendo sojuzgado por una dictadura, el plan neoliberal solo cierra con represión y ya comenzaron a registrarse los primeros desaparecidos; se necesita boicotear al gobierno en todos los ámbitos y con todas las fuerzas, y es preciso acompañar "cualquier manifestación callejera por más que no estemos de acuerdo con su causa". La Tana Coletti describió perfectamente su discurso y modo de pensar, pero no supo transmitirnos la vibración emocional que tiene: es un actor consumado con voz de barítono, que se ha creído su libreto; dan ganas de hacer la revolución solo para acompañar a ese nuevo Cristo desprendido y heroico. Firma autógrafos al final, y aprovecho para estudiar de cerca su guardia pretoriana, que conforman dos gordos con cuellos gruesos y pinta de barrabravas, tres pibitos de piquete y una asistente de prensa. Los sigo caminando hasta una churrasquería del centro y cuando me dispongo a regresar a Buenos Aires leo en el Whatsapp que BB me acaba de dejar un mensaje: "Vení, es urgente".

Subo a la camioneta y salgo a la ruta, y la llamo para que me anticipe de qué se trata. Pero no contesta, así que insisto varias veces mientras vuelo hacia el palacio de la calle Ugarteche pisando a fondo el acelerador. Al llegar le muestro al jefe de su custodia el mensaje y éste intenta comunicarse con su ama, pero tampoco le responde, ni por el móvil ni por el portero eléctrico. Subimos juntos y abrimos la puerta con una copia. Están las luces encendidas, suena de fondo Sinatra, y tenemos un mal presentimiento: sin decirnos nada, sin mirarnos el uno al otro, los dos sacamos las Glocks y avanzamos de perfil por los cuartos. No hace falta mucha marcha para encontrarla caída en el baño, entre la bañadera y el lavabo; en camisón y gris como un cadáver, aunque tiene pulso y carece de heridas a la vista. Su piel despide, eso sí, un intenso olor a whisky. Una botella vacía de Lagavulin y un smartphone aparecen detrás del bidet de grifería dorada. Recién vimos otra botella de la misma marca y en idéntico estado sobre la mesada de la cocina. El jefe de la custodia tiene un protocolo, pero lo convenzo de que por el bien de la dama tenemos que volar bajo la línea del radar. Lo piensa unos segundos: sabe que yo recibí el aviso de socorro y que soy el favorito; también que le llevo varios años en este negocio y que su jefa no querría por nada del mundo un bochorno: sus colegas de la Agencia se enterarían de inmediato de este incidente. Mueve al fin la cabeza en sentido afirmativo, y entonces consulto al dueño de una clínica privada al que recurrimos en situaciones de emergencia. Manda una ambulancia de inmediato, y le advierto que no puede comentar el asunto ni siquiera con el médico de la Casa, que actúa como su contacto habitual. Es discreto y sabe con qué bueyes ara, así que promete su más absoluta discreción. Coloco a Beatriz de costado para que no se aspire un vómito y la tapo con una manta: sus signos vitales parecen activos, pero está hipotérmica. Los paramédicos llegan en quince minutos, la revisan y le colocan suero, y le aplican una mascarilla de oxígeno, a pesar de que respira espontáneamente. Trajeron el kit de intubación por si la sorprende un paro cardiorrespiratorio, aunque por ahora no hace falta. La cargan en una camilla y la bajan, mientras yo le armo un bolso con ropa mínima. Le hablo con crudeza al jefe de la custodia: tiene que darnos 24 horas antes de pasar el aviso; la Señora 5 está en coma etílico y puede recuperarse rápido, si las cosas marchan bien. Por suerte, es nuevamente permeable a los argumentos. Le entrego las llaves de mi camioneta y me subo a la ambulancia. Me sigue en mi 4x4 y a él lo siguen dos de sus vigiladores en un coche blindado. Llegamos en media hora y en caravana, abriéndonos paso con las sirenas y las bocinas. Es un sanatorio coqueto y bien equipado, y hay un gran revuelo para estabilizar a esa paciente especial. Dos horas después una médica nos explica que "el proceso de reversión es rápido", que respira bien, que no hubo daño neurológico y que seguirá unas horas más bajo observación. El jefe de la custodia me devuelve las llaves de la 4x4 y me dice que pondrá un vigilador en la sala de espera y otro en la planta baja. Nos estrechamos las manos, y entro en la habitación silenciosa, donde Beatriz Belda descansa a oscuras, semidespierta y todavía inmovilizada. Arrastro una silla y me siento a su lado: ella abre de vez en cuando los ojos y me mira sin sentimientos, y después los cierra y sigue durmiendo. Está agotada. Entran varias veces las enfermeras para revisarla y para darle la oportunidad de que orine, y en la madrugada, escucho mi nombre y me agarra la mano. Me quedo parado junto a ella, al pie de la cama, durante una hora entera, hasta que la médica regresa y prende las luces, y le hace una revisión completa y la interroga para verificar si sigue ubicada en tiempo y espacio. Me hacen salir para higienizarla, y al volver a la habitación la encuentro sentada y lúcida, tratando de comer unas criollitas y de tragar un té con leche. "Se me parte la cabeza", se queja. "Es la resaca —le explico—. Y vas a estar floja, pero no te vas a morir de esto, ¿no?". Ahora sus ojos se llenan de lágrimas. Le alcanzo un pañuelo de papel. Se seca y me pregunta: "¿Salí en los diarios?". Me río: "Nadie sabe nada". Suspira aliviada, intenta devolverme una sonrisa, pero no lo consigue. "Sacame de acá cuanto antes", pide con voz quebradiza. No está errada: cada minuto de internación aumenta el peligro de que corra el rumor y tengamos un disgusto. El director del sanatorio me avisó que pasaría en breve a visitarla; cuando finalmente llega, lo aparto y le transmito la necesidad de un alta inmediata. El director conspira con la médica, y firman en conjunto la autorización. Me dan algunas recomendaciones, y ayudan a vestirla con la ropa que traje. Le agrego una gorra de béisbol que la ridiculiza, pero también la desfigura. Pregunto si es posible sacarla por una puerta trasera: me habilitan la explanada exclusiva para proveedores y personal jerárquico, y paso a recogerla por allí con la camioneta. Nos siguen solamente los vigiladores, no hay moros en la costa, y no nos cruzamos con ningún vecino en el Palacio de los Patos. Cuando nos quedamos de nuevo solos, me pide que llene la bañadera con agua caliente: se siente sucia. Cuando todo está listo, se queda desnuda y me ruega quedamente que la bañe. Sigue manteniendo ese cuerpo delgado y armonioso, en cierto modo deseable, que ni las arrugas secretas logran todavía afear. Recuerdo por un instante aquel extraño *ménage à trois* que mantuvimos en su suite patagónica, y la manera en que ella y su amada amiga me usaban únicamente como material conductor entre dos fuerzas que no podían encontrarse cara a cara sin ayuda de un tercero. Me pregunto por un momento qué estará haciendo Diana Galves en Almería, y si no debería llamar a la actriz y avisarle que su novia se está volviendo alcohólica. Pero creo que Beatriz nunca me perdonaría ese llamado: antes muerta que patética. La levanto en brazos y la deposito en la bañera, y cuando intento retirarme, me sostiene de nuevo la mano y me pide que la enjabone. No hay intención erótica en ese gesto, pero no puedo evitar una erección mientras le paso el jabón y la esponja, la seco minuciosamente con una toalla, la envuelvo en la bata y la acompaño de nuevo hasta el sofá egipcio, donde prepara su cigarrillo en boquilla dorada. No me corresponde hacer preguntas acerca de su intoxicación, así que me siento en el silloncito y le hago compañía.

Después de un largo rato dedicado a meditar sobre el vacío, enciende el smartphone y comienza a devolver mensajes. Deja uno muy significativo a su secretaria: no volverá a la oficina hasta el lunes. "Corre lo mismo para vos, Remil —me dice, somnolienta—. Te necesito conmigo". No hay obligación de avisarle a Cálgaris, porque me supone en el caso Paroissien, pero tengo que pensar si es factible ocultarle todo este episodio desgraciado. El tema me viene dando vueltas desde hace horas, y me produce una cierta acidez estomacal. Es una sensación desconocida. Una infidelidad culposa.

Duermo en el cuarto de huéspedes y abandono el departamento por la mañana para correr veinte kilómetros y también por la tarde para hacer una práctica con armas cortas y largas en un polígono escondido detrás del lago Regatas. Beatriz, que no tiene voluntad ni para vestirse, me obliga a ver con ella las seis horas de *Sinfonía de un sentimiento*. Cada tanto, detiene la película y hace algún comentario sobre la historia del peronismo o sobre episodios que ella misma vivió de chica o de cerca. No recupera el apetito hasta el sábado, cuando encarga por teléfono un desayuno demoledor, lleno de exquisiteces, que le trae un delivery desde la calle Billinghurst. Mientras leemos los diarios, y ella observa con curiosidad mi costumbre de subrayar párrafos y anotar algunos datos en mi cuaderno, me pregunta si sigo nadando en el río. "Casi todos los fines de semana", le respondo. "Quiero ver", dice, para mi sorpresa. Se viste con ropa deportiva, y la llevo en la 4x4 hasta la escollera de una playa municipal de libre acceso, situada justo en la desembocadura de un canal. Es mediodía y hay varias personas tomando sol y otras refugiadas en sombrillas, y más allá, algunos pescadores improvisados. Estaciono bajo la misma arboleda de siempre, y ella se apea para observar el equipo que guardo en el baúl y no aparta la vista cuando me desnudo por completo y me pongo el traje de neoprene. Formula preguntas sobre el curso y las prácticas de buzo táctico que hice en la base naval de Mar del Plata, y toca con voluptuosidad las aletas, los guantes, el gorro, el visor y el snorkel; también prueba el filo del cuchillo. Se queda fumando en la playa mientras yo me meto despacio y nado pecho contra la corriente de un río sucio y tranquilo que no ofrece demasiadas resistencias. Ya no me atrevo, como antes, a aventurarme en aguas abiertas con mal tiempo. Los años me vuelven más prudente, aunque íntimamente todavía me siento capaz de nadar *crawl* hasta Colonia si las circunstancias lo ameritaran: no lo haría por deporte, pero estoy seguro de que podría lograrlo por desesperación. Me exijo a fondo ese mediodía braceando río adentro, eludiendo troncos flotantes y lanchas recreativas; descanso un rato haciendo la plancha y después retomo con buen ritmo en dirección sur. Trato de no pensar en nada mientras me esfuerzo, pero no consigo evitar el fantasma de Cálgaris. Nadie puede afirmar en este mundo que conoce bien al coronel ni que es capaz de adivinarlo, pero sé con las tripas que está acumulando un rencor profundo hacia la Señora 5, y que esta lo menosprecia abiertamente. Los odios del jefe son casi tan peligrosos y sagaces como las artimañas políticas de la jefa: tarde o temprano querrán dirimir el asunto en un duelo al sol. Y es una fatalidad que no me pone feliz, ni me resulta indiferente. Ya de regreso y en la parte más dura de la incursión, me pregunto si puedo hacer algo para evitar el enfrentamiento, pero no se me ocurre ninguna idea. Después de haber sido dado por perdido tantas veces, percibo de repente que mi autoestima revivió en estos últimos tiempos, y que este fenómeno se relaciona esencialmente con el aprecio de la reina y con el hecho incontrastable de que ni el mandamás de la Casita ni su escudero son ya considerados chatarra anacrónica de los servicios, como se insinuaba hace algunos años en el ambiente. Todo ese castillo puede venirse abajo si los dos reyes deciden despedazarse mutuamente a golpes de espada, pienso mientras empiezo a sentir los primeros signos del agotamiento. Falta todavía mucho, así que me concentro en sobrevivir, y borro los malos pensamientos, aunque me persiguen como sombras. Nado con las últimas fuerzas y con determinación hacia la orilla, y me arrojo en la arena manchada a recuperar el aliento. Más tarde me quito los adminículos de buzo y camino descalzo hasta la camioneta, que me cubre mientras me deshago del traje de neoprene y sus interiores. Belda, que permaneció un rato en la playa siguiendo con prismáticos la aventura del nadador y después se refugió en la 4x4, baja el vidrio del acompañante y deja que la música de Sinatra surja del interior como un rumor cálido. "Subí y dame la toalla", me indica. Le respondo que no hace falta, pero insiste: "Subí". Y su voz tiene la autoridad de una orden. Verifico que no haya curiosos cerca ni miradas indiscretas; rodeo desnudo la camioneta y vuelvo a ocupar, todavía húmedo, el asiento del conductor. Belda me seca el cuero cabelludo, el cuello y el torso, y me agarra la pija con suavidad y comienza a pajearme de manera eficaz y silenciosa, aunque sin mirarme. Intento besarla, pero me frena con la mano libre y sigue su tarea sin inmutarse, con la vista perdida, hasta que acabo. Entonces me limpia con la toalla, se repliega, baja levemente la ventanilla polarizada y enciende otro cigarrillo. Su expresión es seria y melancólica y los duetos de Sinatra se suceden en esa cabina donde no cabe una oración, ni siquiera una sílaba. Finalmente, echo hacia atrás el asiento y busco en la parte posterior mi ropa de calle. Me visto y me calzo con rapidez, acomodo el equipo de natación y vuelvo a ubicarme frente al volante. "Vamos a pasear", dice entonces la Señora 5, y enciendo el motor. Paseamos dos horas, a marcha lenta, por una Buenos Aires de costaneras, lagos, bosques y avenidas afrancesadas. Me permite, afortunadamente, poner una selección de Pugliese, y de ese modo la ciudad cobra otro sentido. Pasamos el resto del sábado en el Palacio de los Patos: ella leyendo informes, yo avanzando con las últimas páginas de *Fouché*. No hay ninguna efusión ni contacto sexual durante esas horas bajas. Y el domingo, antes de abandonarla, me llama al living, donde permanece recostada en el sofá egipcio. Me siento de nuevo en el sillоncito, y espero sus instrucciones. Mordisquea todavía un poco más la boquilla y finalmente ladea la cabeza:

—¿Qué pensás del futuro, Remil?

—¿El futuro? —me extraño.

—Nunca juntaste guita para los años malos. Ni siquiera ese bulín de Belgrano R es tuyo. Ni un miserable canuto tenés. Sos un irresponsable.

—En mi oficio no se llega a viejo —le explico después de meditarlo un poco.

—¡Mentira! —salta—. Ese carcamal de la Casita va a cumplir ochenta en cualquier momento...

—No baja al territorio, juega otro deporte —niego con la cabeza—. Es un intelectual.

—Un intelectual que se volvió rico —replica, y no puede evitar erguirse como una gata crispada—. Y no creo que te deje nada en el testamento.

—No creo.

—Todos nosotros estamos de paso —. Sus ojos de gata siguen brillando—. Tarde o temprano viene un pez más grande o más vivo, y nos zampa de un bocado. Es la ley del mar y de la naturaleza, y sobre todo de la política. Al final uno siempre pierde.

—¿Y con eso qué?

—¿Cómo qué? —sonríe agresivamente—. Tenés que garantizarte el futuro. Porque un día te van a borrar. Incluso algo peor, Remil. Un día no vas a poder nadar en ese río. Te vas a quedar en Pampa y la vía: sin fuerzas y sin plata. Y vas a terminar de culata de un diputado, hasta que te vean tan arruinado que también te echen de ese aguantadero, y entonces no tengas otra que ser vigilante de supermercado o salir de caño, o cagarte de hambre y pegarte un tiro.

—No llegará el día —le respondo, y le devuelvo la misma sonrisa. Ella parece realmente enojada.

—Tomá —señala con el mentón, pero no hace ni el ademán de inclinarse a recoger ese papel doblado sobre la mesita ratona. Lo despliego con mucho cuidado: no comprendo del todo esas líneas y esos números. Me adivina, se pone impaciente.

—Ahora estás ahorrando en dólares —me dice—. Por primera vez en tu vida.

Reconozco en ese instante la operación cifrada que utiliza la Casa para hacer ciertos depósitos en cuentas bancarias con fondos reservados.

—Pedí el viernes que te armaran esa operación en Uruguay —me explica sin emoción—. Está protegida y nadie te la puede exigir. Ni siquiera con una investigación de la puta Comisión Bicameral.

Repaso la cifra. Es considerable. No sé qué hacer ni qué decir. Tengo la frente arrugada y me duelen las cervicales.

Ella se recuesta como una Cleopatra amargada y, sin detenerse a escrutar mis sentimientos, me dice:

—Antes de irte, dame un whisky.

Los negocios sexuales de la Rubia son copiosos y variados, y el coronel se interesa particularmente por su performance y su clientela. Débora Rig entrega informes largos y mal escritos, pero llenos de detalles escabrosos y confidencias. Cálgaris se cuida mucho de que a la Señora 5 no le llegue ni el más mínimo rumor de que la mediática filtra datos para nosotros. Una orgía con jugadores de fútbol, un polvo ocasional con un tenista, dos fines de semana en una isla del Tigre con ilustres miembros del Poder Judicial y una fiesta negra con productores y estrellitas de telenovela. La Rubia no descansa, y está abusando como nunca de la coca; me obliga a intervenir de cuando en cuando para bajarle un cambio y para que se enfoque. Con un Spyware de última generación, Palma transforma sus móviles, su tablet y su computadora de mesa en cámaras y micrófonos, y el material resulta vistoso, aunque impublicable. No hay ningún medio de comunicación ni panelista ni reportero que aguante una divulgación de ese calibre, y girarla en las redes se vuelve muy riesgoso: rápidamente se puede detectar el origen y procesar al calumniador. A pedido de Cálgaris le ordeno a Débora Rig que escriba posteos en su blog, y que lo haga de manera enigmática, mezclando personajes y situaciones para que nadie se sienta aludido, pero también para buscar audiencia. Editamos en la base Chacabuco cada uno de esos textos, y Palma los viraliza. La Rubia me advierte, café por medio, que a más notas menos clientes: "Si no confían, no contratan; una buchona mediática te hace pensarlo dos veces". Se trata, en efecto, de una delgada línea. Cálgaris insiste en transitarla, y el resultado es que aumentan sus apariciones en programas de chismes, le publican más entrevistas en revistas populares y la contratan para hacer "presencias" en las discos más famosas de Buenos Aires y Rosario. Una cosa compensa la otra.

Al cabo de casi dos meses de trajín, Cálgaris baraja en su escritorio tres víctimas potenciales, y después de estudiar detalladamente cada dossier, opta por un galán maduro que siempre cumple el rol de malvado en los culebrones del prime time. Es un actor mediocre pero de gran carisma, y está casado desde hace treinta años con su segunda y definitiva esposa. Todo su archivo periodístico gira en torno a la felicidad conyugal, y a sus tres encantadores hijos. Una familia muy popular y querida a la que contrataron más de una vez para un aviso publicitario de seguros de vida y para otro de mermeladas. Hace cuatro años se corrió la bola de que el galán había tenido fatos con compañeras de grabación, pero la especie fue desmentida por un relacionista público y los cuervos finalmente lo respetaron. Ahora la Rubia se lo coge de parado y de sentado en su departamento de la calle Uruguay, y le consigue Viagra, éxtasis y consoladores, y lo filma de ida y de vuelta todos los viernes.

Cálgaris en persona decide la escalada, la progresión de los acontecimientos y la edición de los materiales comprometidos, aunque yo tengo que controlar de cerca la operación. Todo se inicia con un posteo misterioso: la Rubia escribe sobre un galán de los hogares que practica la doble moral, y manifiesta estar harta de tanta hipocresía. La convocan varios programas de radio, y ella le da gas al tema sin revelar la identidad y dosificando detalles íntimos y pintorescos. Termina en la televisión, pero el asunto no pasa de un reportaje pícaro sin consecuencias, aunque con un rating fabuloso. El galán se apresura a llamarla por teléfono, pero le ordenamos a Débora que no lo atienda. Poco después, Palma lanza a las redes un chat con un antiguo diálogo caliente, y otro más a las pocas horas: esta vez el galán incursiona en un lenguaje ciertamente inapropiado para cualquier vendedor de seguros o de mermeladas.

El escándalo va creciendo día a día, y explota con la publicación de un audio de Whatsapp donde se reconoce la voz del susodicho: aparece en el Instagram de una maquilladora de actores y ella jura por Dios que no tiene la menor idea de cómo esa basura ha llegado a su página. Y no miente: Palma se la inoculó a distancia. Frente a la avalancha de comentarios, el relacionista público aclara que la voz no pertenece al galán. Pero ya es demasiado tarde. Le ordenamos a la

Rig que finja indignación por la desmentida, y que agregue más chats y un video convenientemente cortado donde no se ve con nitidez al padre de familia, pero se lo adivina, sudando siempre la gota gorda encima de esa rubia jadeante. Son imágenes penosas, y nadie quiere perdérselas: el rating manda. Finalmente, a Débora Rig no le queda más alternativa que aceptar con tristeza la verdad: esa señorita es ella, y ese señor es el galán maduro. "No me gusta deschavar a nadie —declara cruzándose de piernas y exhibiendo un escote doble pechuga—. Pero me están apretando para que me calle y me están tratando de mentirosa". Nadie la presiona ni insinúa que miente, pero la declaración es perfecta y cae como una bomba.

A partir de ese momento comienzan a llover las cartas documento, y a cada una de ellas, la Rubia contesta con otro chat, con un nuevo audio, con una imagen más explícita. Un abogado se presenta en su departamento para ofrecerle un acuerdo y una suma sustanciosa a cambio de que cierre la boca. Débora promete pensarlo, pero cuarenta y ocho horas después sigue regando el jardín con nafta. Los cronistas dan cuenta de una fuerte crisis matrimonial y el galán acepta un mano a mano en el parque arbolado de su casa, donde se muestra demacrado y afligido. Habla de una distorsión de los hechos, una trampa y un chantaje. También él miente, y Cálgaris se ríe hasta toser y lagrimear al verlo componer esa ficción. "Va a meter una denuncia penal —anticipa, dándoles aliento a sus bifocales—. Vamos a ver si lo podemos redirigir hacia una fiscalía amigable". Hay que proteger a la Rubia cueste lo que cueste. La embestida dura cinco semanas, y al final el galán está hecho puré. Débora Rig, en cambio, permanece fresca como una rosa, y preparada para nuevas travesuras. El coronel se relaja:

—Fue un buen ensayo general.

Monseñor tiene algunas inversiones en Wall Street, un departamento sobrio en Manhattan y un novio que es especialista en fabricar dinero. Viaja más a Nueva York que a Roma, pero mantiene línea directa y diálogo constante con su exenemigo. La crónica de sus mutuas perradas y zancadillas está contada en algunas biografías no autorizadas de Su Santidad y en al menos tres libros de la historia de la Iglesia argentina y el nacionalismo católico. En la carpeta de Sánchez Arminio figuran seguimientos y pinchaduras de la década del 90, acusaciones de pedofilia que nunca se probaron y partes donde se lo vincula con antiguos jerarcas del Proceso de Reorganización Nacional. Sigue siendo confesor de algunos de ellos, y visitante habitual de las distintas prisiones militares donde permanecen a la espera de una sentencia los detenidos por crímenes de lesa humanidad: les lleva rosarios presuntamente bendecidos por el Santo Padre y les promete gestiones que nunca se concretan. Sánchez Arminio pertenece al ala más conservadora y tradicionalista, y libró durísimos combates contra los peronistas, contra los tercermundistas y, con especial saña, contra los católicos liberales. El ajedrez político con el "padre Jorge" fue largo, cruel, silencioso y cambiante a lo largo de décadas, pero el resultado de la fumata blanca lo decidió a cuadrarse de inmediato; por sobre todas las cosas practicó siempre la verticalidad y el oportunismo. Se entregó en Santa Marta y realizó, a partir de entonces, sacrificadas ofrendas y delicadas misiones que probaron su eficacia y su renovada lealtad. Ahora, como Fouché, luce la fe de los conversos: emite mensajes ideológicos contrarios a los que pronunció durante toda su carrera pastoral y abandona a su suerte a los conspiradores que resisten como pueden una partidización del Episcopado. Palma no solo cablea y hackea su oficina, sus domicilios, su computadora y sus teléfonos; aplica el mismo tratamiento a su novio y a su secretaria. Los motoqueros del Salteño lo ponen bajo vigilancia estricta una semana, y cuando reunimos toda la información descubrimos una agenda dedicada casi por completo al poder político y económico. Incluso cuando monseñor desciende al barro, y visita alguna villa miseria, lo hace en función de compromisos con organizaciones de base. Una charla con Bergoglio, captada un jueves, muestra el tenor de su vínculo: lejos de los micrófonos, los dos parecen caudillos del conurbano bonaerense cambiando figuritas. El diálogo del sábado con Garmendia resulta operativo, aunque tiene una fuerte carga de afecto calculado: Sánchez

Arminio le envía saludos cariñosos del Papa aun cuando este nunca se los mandó. Al Vasco lo aprecian en el Vaticano muchísimo menos de lo que él presume. Monseñor celebra la misa de 11 cada domingo, almuerza con algún pez gordo en La Pecora Nera, regresa a su casa y cierra celulares y puertas para dedicarse al amor pagano hasta la madrugada del lunes. Miran películas pornográficas y cogen, y luego bailan, y cenan y ven juntos alguna serie y vuelven a empezar. Son felices. Sánchez Arminio es obeso de cintura, pero tiene piernas flacas y una cabellera resistente y poco canosa; su novio es un contador de cuarenta años que parece un chico inocente de dieciocho. Un querubín. Pero con amplios conocimientos en su materia: trabaja en el sector financiero de esta santa organización, y tiene relación con varios *brokers* locales e internacionales.

Cálgaris, para variar, no se siente satisfecho con estos resultados y pide que lo caminemos un rato más. Pero la Señora 5 me ordena viajar a Villa La Angostura a preparar la visita del Presidente y su familia. En Traful, hace un tiempo, lo apedrearon diez energúmenos y le rompieron dos vidrios del coche oficial. Era una camioneta del municipio. Esta vez usaremos autos especiales y blindados, y pondremos cámaras de seguridad y reforzaremos la custodia en el complejo donde pasará los días de descanso. Le hicieron algo parecido en Mar del Plata, durante un acto de inauguración de viviendas: los responsables de la "cápsula" tuvieron que evacuarlo de emergencia, porque además de abucheos e insultos le tiraban de todo. Una intifada permanente y organizada, con cámaras de televisión siempre cerca para dejarlo en ridículo, mostrarlo alejado del pueblo, y transmitir la sensación de un descontento generalizado.

Esta vez no sucede ningún escrache ni imprevisto, así que todo resulta bastante aburrido. Durante la larga espera, a orillas del Nahuel Huapi, un camarada de la Agencia me cuenta que prevén problemas serios en el Congreso. Cuatro semanas más tarde, los "problemas" ocupan todas las pantallas y nos ponen en alerta roja. Piqueteros, gremialistas y militantes de izquierda embozados toman la plaza y cargan contra la policía. Llegan con mazas: rompen bancos de granito, glorietas, monolitos, veredas y umbrales de mármol para fabricar cascotes, y en dos días lanzan una lluvia de catorce toneladas. Algunos usan armas tumberas con bolas de acero, morteros, facas y bombas molotov. Un ejército feroz, sospechosamente solventado, que deja cientos de heridos y destrozos, y algunos detenidos. Al revisar las imágenes detectamos, entre muchos otros, algunos guerreros del "movimiento patriótico" y un encapuchado muy activo que podría ser Bublik. Le envío un mensaje de texto en clave, y el Ruso me cita en Plaza Italia. Paso a recogerlo con la camioneta y volvemos a ocupar nuestra mesa de Río Alba. Tiene un raspón en un pómulo y un moretón en el ojo izquierdo, y está más parco y hambriento que nunca.

Recién a los postres, fastidiado por tener que hacerlo, suelta la lengua:

—Un personaje. Con dos huevos y mucha labia. Sabía de él, pero no llegué a conocerlo en los 70. Un cuadro típico de aquella época. Es como meterse en el túnel del tiempo.

—¿Te recibió bien? —quiero saber.

—Me sondeó a fondo, y me emborrachó varias veces, supuestamente para recordar las viejas luchas, pero en realidad era para ver si me pescaban en alguna contradicción. Me mandó seguir. Se metieron en casa y la revisaron de arriba abajo.

—Pero con guante de seda.

—En puntas de pie, negro. Sin romper nada, sin dejarse ver. Si yo fuera otro, si no hubiera llevado la vida que llevé, ni me avivaba.

—¿Chequearon tus antecedentes?

—Tienen varios bogas con acceso a Tribunales. Por los derechos humanos y toda esa mierda. Me sacaron toda la tira.

—Eso le tranquilizó los nervios.

—Ponele.

—El Vasco no baja la guardia nunca.

—Es muy desconfiado, negro. Por eso sobrevivió al amasijo.

—¿Y los cumpas? —pregunto saboreando un vaso de malbec.

Sonríe con cansancio, jugando con una bola de miga:

—Un rejunte de marginales, como no podía ser de otra manera. Pero los tiempos cambiaron mucho. No hay uno solo que no tenga uno, dos o hasta tres planes sociales, y que no sea empleado público. El Vasco los enchufa en municipios y en universidades de la provincia. Todos le deben el sueldo. Los barras aguantan los trapos en las canchas, dan seguridad en los actos propios y destruyen la campaña de los enemigos. Están cerca de los piqueteros y de los punteros, y la llevan y la traen. Les dejan montar kiosquitos.

—Pero cuenta con soldadesca bien formada.

—Sí, claro, ultraizquierdistas de café, profesores y estudiantes, proletarios clasistas y combativos. Todos bien colocados y prendiendo fuego.

—Tiene algunos sobrevivientes del ERP y de Montoneros —agrego.

—Sí, algunos machacados como yo. Pero más que nada, nietos de aquellos combatientes.

—Que sueñan con revivir aquella épica.

—Sos leído, negro. Lo decís bien. Pendejos de clase media. Y el Vasco es vivo. A los mejores les consigue becas para viajar y estudiar en Cuba o en Caracas, porque también somos chavistas, ¿viste? Más vivo que el hambre. Me organizó un encuentro en la sala de ceremonias de un colegio de Ituzaingó, y me pidió que les contara mi experiencia foquista. Había trescientos, y me aplaudían de pie.

Pago la cuenta y salimos a la calle, y fumamos en lo oscuro.

—El otro día, después de los choques del Congreso, sacaron a dos pibes que fueron encanados, y el Vasco los recibió con una fiesta de puta madre en Villa Costal. Un asado con vino y cumbia y merca y marihuana y tiros al aire. Los tipos creen que están haciendo la revolución, y que el pueblo está a cinco minutos de tomar el poder. Posta.

—¿Cantaban la Internacional o la marcha peronista? —me río.

—Las dos, y los cantitos de los 70. Todos los bondis los dejan bien. Pero en serio se piensan que tirar adoquines y bengalas es hacer la revoluta, y que esta es la dictadura de Videla. La dictadura es así: después de hacer esa pelotudez que hicimos, te vienen a buscar a tu casa, de chupan, te picanean las pelotas y te tiran al río desde un avión. Pero Garmendia no les aclara eso. Les da manija como si hubieran hecho el Cordobazo o tomado el Comando de Sanidad.

—Mística, religión cerrada.

—Muy cerrada. No te imaginás cuánto, negro. No tenés idea.

Cuando subimos a la camioneta vuelve a ser una tumba. Aunque esta no sea más que una farsa alucinada de aquellos ideales por los que Bublik vivió y mató alguna vez, el Ruso siente desagrado de retornar a ese ambiente y a esos mismos discursos delirantes. De nuevo la puta de la calle Maipú le abre la puerta y lo besa en la mejilla, y de vuelta me quedo escuchando a Pugliese y masticando toda esa información confirmatoria, que grabo en dos o tres audios de Whatsapp para el informe. Una hora más tarde, la situación se repite: el cliente me golpea el vidrio, destrabo las puertas y me dejo guiar por el GPS hasta el chalet de Villa Celina. El jardín delantero parece menos marchito y el comedor menos helado, pero los sillones del living siguen igualmente desfondados y el whisky sabe más ácido y berreta que nunca. El Ruso se acaba el vaso de un trago y se sirve otro:

—"Ni votos ni botas, fusiles y pelotas. Ni golpe ni elección, insurrección". "Con los huesos de Aramburu vamos a hacer una mesada, para que coman los pibes de la Patria liberada".

—"Rucci Traviata, moriste como rata".

—Mirá, negro, a quien más se le parece Garmendia es a Gorriarán.

—¿Lo conociste?

—Estuve, siendo muy pibe, en el ataque de Azul y me quisieron enganchar para La Tablada.

—Pero vos ya estabas vacunado.

—Gorriarán los engualichaba, negro. Garmendia tiene el mismo don.

—¿Qué te pidió?

—Un fin de semana fuimos a un pueblito, en el límite entre Santa Fe y Córdoba. Zona rural. Sojeros.

—¿Cómo se llama?

—Ingeniero Lartigue. Éramos quince o veinte. Nos llevaron en un micro naranja. Paramos un momento en una casa con campo sembrado. El Vasco contó que ese lugar era propiedad de un camarada desparecido y que en los años de plomo había sido una cárcel del pueblo.

—¿Qué pasó después?

—Nos dieron morfi y sacaron de la despensa armas cortas y largas. Todas afanadas del ejército. Algunas en mal estado.

—¿Instrucción de tiro?

—A dos kilómetros, detrás de una lomada.

—¿Vos dirigías?

—Sí, el Vasco me tomaba lección.

—¿Y cómo salió todo?

—Son de madera, pero ponen mucha voluntad.

—¿Era una práctica general o tenía algún objetivo?

—No era la primera vez que iban, negro. Pero Garmendia no les suelta prenda. Y en los descansos, volvieron las anécdotas y los sueños guevaristas.

—Pero nada específico.

—Nada.

Dejo el whisky por la mitad y le convido otro pucho.

—La Armada Brancaleone jugando a Sierra Maestra —resumo.

—Ponele.

—Una comedia.

—¿Sabés las comedias en las que estuve metido, negro?

Estiro las piernas, para desperezarme y para irme.

—¿Necesitás algo? —le pregunto

—Guita —responde—. El tallercito nunca dio demasiado, y el Vasco me distrae cada vez más.

Esperaba ese reclamo. Busco en el bolsillo interior de la campera un sobre y se lo entrego. Ni siquiera lo abre.

—¿Hasta cuándo hay que seguir con toda esta forrada? —duda, lacónico.

—Hasta que estalle la revolución.

No queda una sola mesa libre en el salón de Los Rojos y hay una apretada cola de habitués esperando turno en el vestíbulo y en la puerta. Por suerte los acondicionadores de aire funcionan sin desmayo, porque afuera se sienten las consecuencias de un verano implacable, con apenas unos chaparrones que no alcanzan a morigerar el agobio. Para quitarse la sed del día, Beatriz Belda acaba de pedir un doble con dos rocas de hielo, y un agua mineral que le dura toda la noche. Cena siempre con Blue Label, y si la tenida resulta larga puede tomarse hasta cinco sin flaquear. De entrada, compartimos los cuatro la "brandada de bacalao Mitterrand", pero las hermanitas Fabrisi y yo nos acompañamos con un discreto vino de la casa, elaborado en una bodega propia de Luján de Cuyo. Ocupamos el reservado del restó bar de San Telmo, esa cabina insonorizada que parece un antiguo compartimento ferroviario, y suenan todo el tiempo las canciones de Georges Brassens. Hace apenas un momento, cuando nos reencontramos e intercambiamos saludos, no pude esquivar la impresión: las viudas de Bonet, esposa y cuñada, actúan nuevamente como amigas y socias perfectas, como si nada hubiera pasado. O como si se hubieran amnistiado mutuamente, colocando la sagrada causa del compromiso político por encima de sus peleas y resentimientos. La Señora 5, que no suele tener pelos en lengua, se abstiene sin embargo de hacer las preguntas de rigor: ¿se reconciliaron de verdad? Esta nueva alianza, ¿implica el perdón familiar, o han reducido el vínculo solo al plano de la labor partidaria? ¿Cómo se recompone una relación fraternal después de una traición, una infidelidad y un intento de asesinato? Ellas no aluden al tema, y BB se inhibe de sacarse las dudas. Aviesamente, les acaba de informar que Leandro Cálgaris se encuentra de viaje, pero que trajo en su lugar a Remil, el salvador de las damiselas en apuros, y que le hará llegar al coronel su correspondiente regalo. Nos agasajan con tres bolsas: cuatro botellas de Macallan para los dos jefes, y dos de vodka Grey Goose para su brazo armado. Noto que Carina está igual que entonces, y que mantiene su pelo corto y negro, pero Florencia recuperó algo de peso, se planchó las arrugas y se tiñó la cabellera. Las dos son atractivas, y estoy seguro de que a Sebastián Bonet le complacía acostarse el viernes con una y el sábado con la otra, y que fantaseaba con llegar alguna vez a un acuerdo razonable, como dormir con las dos las siestas de domingo.

—Que en este lugar tan progre figure el "pastel de papa Juan Perón" demuestra el triunfo cultural del peronismo sobre la izquierda —pincha la Señora 5 revisando el menú—. Yo voy a elegir, si me disculpan, el "arroz Mao", aunque la carne frita sea un poco pesada.

Todos ordenamos, y yo elijo el pastel peronista. Mientras lo hacemos, tocan el vitral de Evita y La Pasionaria al menos dos figurones de la política: una senadora que pasa a despedirse y a dar las gracias, y un dirigente del Frente Amplio, que esa misma noche regresa a Montevideo. Cuando terminan los intercambios y los pedidos, Carina le señala secamente al *maître* que cierre y ataje a los intrusos, por más insistentes y cariñosos que sean. Es una cena de trabajo, y BB entiende que después de tantos gestos diplomáticos es mejor no andar con vueltas:

—Me dicen que nos abandonan, chicas. ¡Qué pena me da eso!

Carina se quita los anteojos y los pliega. Florencia acaricia el tallo de su copa y cede la iniciativa.

—Se lo expliqué muy bien a tu ministro de Interior: todo lo que tenemos es nuestro capital simbólico —dice la mayor.

—Me cuenta el ministro que se hicieron muy buenas amigas del Santo Padre. —Belda toma un sorbo y sonríe. El comentario me llama mucho la atención—. No entiendo cómo faltan su foto en la pared y un plato en su honor. Digamos: asado al horno con Papa. Algo sencillo en homenaje a un progresista de la primera hora.

Carina ignora el dardo:

—Me llamó cuando se enteró del accidente. Consiguió mi teléfono de Highland Park y me reconfortó. Me sorprendió mucho su calidez.

—También nos invitó a Roma —añade Florencia—. Y terminamos hablando de política local.

—Claro —replica Belda—. ¿De qué otra cosa se puede hablar con Jorge? ¿De Dios?

—Mirá, Beatriz, lo que él piensa es cierto —retruca Florencia, levemente mosqueada—. La democracia liberal fracasó.

—Sí, por supuesto. Es lo que piensan muchos otros nacionalistas, pero Jorge lo piensa desde hace cuarenta años. Siempre fracasa lo que ellos quieren que fracase, incluso antes de que haya fracasado.

—¿Vamos a tener una discusión ideológica? —pregunta retóricamente Carina, sin salirse de su eje, degustando el bacalao.

—Por favor, yo enterré la ideología cuando el viejo nos echó de la plaza.

—En aquel entonces nadie creía en la democracia —le recuerda—. Éramos pendejas y nos entusiasmaba la revolución sin hacernos cargo realmente de todo lo que implicaba.

—Implicaba la crueldad de toda revolución —abre los brazos, alza las cejas—. Fusilamientos, prisión y tortura para opositores. Censura. Violar los derechos humanos para después defenderlos con heroísmo y abnegación.

—Aceptamos la socialdemocracia porque nos convenció el Estado de bienestar. —Carina se moja los labios con una gota de vino—. Aceptamos el juego del sistema.

—Pero el sistema se cae a pedazos —decora Florencia, que es más joven y, por lo tanto, más enfática.

—¡Por fin! —se ríe Belda acabando el primer vaso—. Ya era hora de que el infecto capitalismo se muriera de una buena vez... para darnos por fin la razón.

Carina llama con un botón al mozo y me mira de costado. Le pregunto, con una seña, si se puede fumar. Asiente levemente, y le enciendo a BB su primer cigarrillo. Le sirven, en ese instante, su segundo Blue Label. Retiran la entrada y nos traen los manjares. Ese intervalo gastronómico funciona como un anticlímax: las chicanas de la Señora 5 nunca llegaron a producir un ambiente de tensión, pero este recreo le baja el tono a todo el diálogo. De hecho, cuando Carina Fabrisi retoma la palabra, lo hace bajo la idea de sincerarse y ganar empatía:

—Cuando vinieron a decirnos que eran los montoneros desarmados, que gobernaban en nombre de los ideales de nuestra generación, no les creímos una palabra. Era una impostura evidente. Pero nos temblaba todo.

—A mí no me temblaba nada, Carina.

—Ya era demasiado tarde para nosotros, habíamos comprado...

—¿La Revolución Francesa?

—Nos verduguearon y vimos cómo metían la mano en la lata y los desaguisados que hicieron en el poder, pero...

—Pero se quedaron con la franquicia de la *gauche* latinoamericana, y eso a ustedes les duele en el alma. Es inaguantable que las corran por izquierda. ¡Qué diría Víctor Jara!

El pastel peronista está realmente muy bueno, pero no puedo seguir porque percibo que Florencia se eriza.

—El mundo está cambiando, Beatriz —le dice la menor, llameante, dejando a un lado los cubiertos—. Y nosotros no somos egoístas. No vamos a quedarnos pegados a la derecha.

—No se trata de izquierda o derecha, chiquita. —BB se deleita agitando su vaso, sin tocar el plato que le han servido—. El peronismo barrió esas coordenadas para siempre. Estamos hace rato en otra clase de disputa.

—Acá de lo que se trata es de un gobierno que tiene el boleto picado —devuelve Florencia, soliviantada.

—Ah, me gusta eso, nos vamos aproximando a la sinceridad —conviene mi jefa, apuntándole con su boquilla—: Ahí ya no corre el verso, sino el pragmatismo puro. Que es mi especialidad. No hay que quedarse pegado a una coalición que ya está perdida. Bien. Pero te recuerdo, chiquita, que hace unos meses ganamos la elección de medio término.

—El mercado ya se dio cuenta de que no pueden hacer más reformas —explica Carina.

—El ajuste —corrige su hermana, indignada.

—Si ajustás, sos un hijo de puta, y si te endeudás para no ajustar más, sos un entreguista y un jodido.

—Es jaque mate, Beatriz —tercia la mayor, que sigue calma y fría como Michael Corleone—. El Gobierno no maneja la calle ni los sindicatos ni el Congreso. Y los inversores están a punto de rajarse.

—Siempre nos quedará París.

—¿Y vos creés que nosotros podemos tragarnos el sapo del Fondo?

—Es un prestamista de última instancia, y más barato.

—El capital simbólico, Beatriz.

—A ver si lo entiendo. —BB clava los codos en la mesa—. Para mantener el capital simbólico, para ser progres de verdad y no ser corridas por izquierda, ¿ustedes van a abandonar el yeite de la lucha contra la corrupción y se van a aliar con los corruptos?

—Hubo corrupción, pero también hubo *lawfare* —objeta Florencia, que ya renunció a vaciar su plato: un "caldo Neruda" con una antología de pescados de mar y río.

—El *lawfare* es un truco para boludos, que inventaron los cubanos. —Dice Belda con una agresividad alcohólica que me vuelve a extrañar. Imita ahora la voz de un predicador de tribuna—: "Primero robamos para la corona, y un poquito para nosotros, y si nos descubren, denunciamos el *lawfare* del Imperio que quiere acabar con nosotras, las almas bellas y emancipadoras".

Se produce entonces un largo e incómodo silencio. Lo único interesante de esta cháchara fue la esgrima agresiva de las tres damas. Pero ahora la jefa parece tocada por primera vez en toda la noche, y eso me provoca un raro desasosiego. Vacía el segundo vaso y se lo muestra a Carina Fabrisi para que toque el puto timbre y le traigan el tercero. Se cumplen sus deseos; el mozo pregunta si ya retira la segunda ronda. Todos renunciamos a seguir comiendo; es hora de los dulces y el café.

—¿Qué puedo hacer para que cambien de opinión? —pregunta Belda cuando nos volvemos a quedar solos.

La mayor de las hermanas no parece resentida. La menor, que no necesitó contorsionarse tanto como Carina porque pertenece a una generación menos traumatizada, está que se sale de la vaina. Leo su pensamiento: ¿quién carajo se creerá esta vieja bruja?

—Es una decisión tomada —dice finalmente, reprimiendo su ira.

—Muchos socialdemócratas quedarán de nuestro lado —La Señora 5 la ignora, prefiere entenderse directamente con la viuda oficial—. Todavía creen en la transparencia, la división de poderes, un país normal. Peor que el capital es el feudo. Ustedes van a aparecer como cómplices de una autocracia y van a perder votantes.

—Puede ser, pero es un riesgo calculado —sigue Florencia.

—Sebastián lo pensaría dos veces —contradice Belda, echándose hacia atrás, como si hubiera soltado a su presa—. Era muy cuidadoso con la estrategia.

A Florencia le brilla la mirada. Carina, en cambio, sigue refugiada en su prudencia de líder.

—Nosotras lo conocíamos mejor que nadie —dice, y no puede evitar echarle una ojeada leve a la amante de su marido.

Los postres argentinos tienen nombres de canciones de Silvio Rodríguez y Pablo Milanés. Todo esto parece cultura, pero es caricatura. Las tres damas los rechazan y van directo al café; yo me devoro una porción de la torta helada "Playa Girón".

—Eso no quiere decir que no se pueda pactar acompañamientos para leyes puntuales —precisa Carina Frabrisi, alzando su pocillo.

—¿Y entonces por qué estamos acá, chicas? —se sincera Beatriz, a punto de acabar su tercer vaso y reclamar el cuarto.

—Es un tema espinoso —comienza, y de pronto se dirige a mí con cara de agradecimiento eterno—. A lo mejor vos podés darnos una mano, Remil.

Carina prende su propio cigarrillo y Florencia espera de nuevo que su hermana vaya al punto. Se llena de humo el reservado, porque yo las sigo con un faso negro y fuerte que hace juego con el "ristretto Gramsci".

—Sebastián tuvo problemas de entrada con el gremio de la construcción por las viviendas populares que estamos haciendo...

—Específicamente con aquel puntero trucho que se agenciaron —la ataja BB, y prueba un poco de agua fresca.

—Parecía un piquetero de convicciones...

—Pero era un mercenario, como tantos.

—Nos estafó, pero llegamos a un arreglo extrajudicial, y seguimos todos adelante.

—Hicieron muy mal en no levantarlo en pala, Carina.

—Lo admito, y ahora el asunto empeoró.

—¿Quiere emigrar, como ustedes? —la chicanea, aunque débilmente, como si a la Señora 5 se le hubiera mojado la pólvora.

—Habilita en los barrios a los transas y les cobra comisión —interviene Florencia, muy seria—. Se está volviendo inmanejable.

La recuerdo aquella vez, y en este mismo restó bar, ojerosa y llena de culpas, convaleciente de cuerpo y alma, y abandonada por su familia. Ahora parece una mujer intransigente, o al menos, impaciente por cumplir ese papel frente a su hermana mayor. Que también ha modificado su personalidad: el liderazgo único te vuelve inflexible o magnánimo. Al menos en esta cabina insonorizada, Carina parece haber adoptado la segunda actitud. Beatriz las observa alternativamente a las dos mientras hace cálculos mentales: supongo que evalúa si conviene más usar esta nueva información para canjearles un favor o para chantajearlas. BB sabe que las hermanitas Fabrisi tienen llegada a varias figuras del gabinete nacional, así que no resultaría demasiado inteligente esa extorsión. Sabe también que el Gobierno necesita más consistencia política, pero que es alérgico tanto a los aprietes como a los acuerdos globales. Les gusta hacer pactos puntuales, aunque salgan más caros. "No entienden nada", rezonga siempre. Florencia extiende un brazo para alcanzar un ataché y saca una carpeta, mientras Carina habla del proyecto de ley del oficialismo que van a tratar en Diputados. Belda me hace un ademán para que recoja la carpeta y le pegue una leída en diagonal: son apenas cuatro folios con un resumen policial, muchas menciones en mayúsculas y jerga leguleya. Describe sumariamente el negocio del puntero y algunos episodios barriales que llegaron a comisaría y juzgado; ninguno todavía muy relevante. El puntero domina la zona y la falopa está resultando más rentable que la construcción y la gestoría clientelar. El narco vence siempre al Estado, como la organización vence al tiempo. El tipo parece estar en ese momento de decisión por el cual últimamente pasan todos. Hasta el más pintado. La cocaína y la pasta base vienen de una terminal en Colombia, y los bagayos traen una vez más el signo del dragón. Habría que estudiar el caso en profundidad y actuar rápido. Me piden opinión, y se la doy de manera sucinta. Belda les promete que yo me adelantaré y que ella hablará, mientras tanto, con el ministro de Seguridad, a quien también secretamente detesta. "El ministro tiene a los dragones del Valle del Cauca entre ceja y ceja", les asegura. En ese momento, el *maître* pide disculpas por interrumpir y susurra algo en el oído de Carina Fabrisi, que acepta con la cabeza sin dejar de mirarnos.

—Tengo que saludar a un cliente, si me disculpan —dice—. A este no puedo despacharlo.

—Por favor —se mofa sutilmente Belda, abolla la servilleta y se pone de pie.

Todos lo hacemos al detectar la sombra enorme detrás del vitral. Tengo de inmediato esa clase de presentimiento que en el pasado me ha salvado el pellejo. Maquinalmente llevo la mano hacia la cartuchera secreta como si tuviera que desenfundar, lo que en verdad es absurdo. El Vasco Garmendia aparece en el hueco, y sonríe con sus dientes manchados de nicotina. Carina y Florencia lo besan y abrazan como si se tratara de un pariente cercano al que no ven desde hace siglos. Se tutean, se preguntan cómo están, pero Garmendia ya me mira con recelo instintivo y deposita definitivamente los ojos castaños y malignos en Beatriz Belda.

—Vasco querido, ¿cómo andás? —lo saluda ella.

Garmendia podría aproximarse y besarla o estrecharle la mano, pero se queda quieto, ya sin sonrisa, congelado en su disgusto. Carina intenta llenar ese bache engorroso con algún camelo de circunstancia, mientras Florencia retrocede a un segundo plano. Garmendia vuelve su cabeza para examinarme con más detenimiento; yo le sostengo la mirada, y trato de descifrar su mente.

—Con el Vasco nos conocimos en la Orga —nos cuenta la Señora 5—. Los dos andábamos mucho con el Negro Quieto.

Cuando nombra al jefe histórico de las FAR, Garmendia me abandona para escanear a BB sin moverse un milímetro. Parece que va a escupirla o a lanzarle una sarta de insultos. Es un perro bravo resoplando y a punto de arrojarse a su cuello, pero de repente se rescata, se vuelve hacia Carina Fabrisi y le muestra de nuevo los dientes amarillentos.

—Qué bien se come en Los Rojos, Cari —le dice—. Y no me dejaste pagar.

—Usted acá no paga nunca, compañero —le responde ella—. ¿Nos vemos el martes?

—Dale —acuerda él, y echa un vistazo en redondo y para nadie—. Buenas noches.

Se va por donde vino, y el *maître* vuelve a cerrar la puerta. Todos nos sentamos nuevamente, y la Señora 5 acaba su cuarto vaso. Ya con talante lúgubre, lanza su estocada final:

—Se van a aliar entonces con la reina bolivariana, con los barones del conurbano, con un conservador demagogo y pobrista como Bergoglio, y con un cachivache como Garmendia. Qué hermoso. ¡Y todo sea por el hombre nuevo!

Las viudas de Bonet no hacen el menor comentario y yo, para sacarnos a todos del paso, recojo la carpeta y les confirmo que nos encargaremos de poner en caja al puntero. Las Frabrisi asienten, más por cortesía que por otra cosa. Y a los diez minutos estamos en mi camioneta regresando al palacio de la calle Ugarteche. Belda va sombría y ensimismada. "Tienen algo de razón, Remil, tenemos el boleto picado", murmura. Luego me asegura que, para blanquear las órdenes y mientras corra en su cinta, se comunicará por la mañana con Cálgaris, aunque no piensa entregarle las dos botellas de regalo que le corresponden. Me hace pasar a su departamento y abre un Macallan y lo cata sin hielo en el sofá egipcio. Se siente muy complacida con el sabor. No me atrevo a decirle que está cometiendo una imprudencia, pero me adivina la intención y se adelanta: "Sí, no te atrevas". Le pregunto por Garmendia. Narra viejas anécdotas guerrilleras; después me suelta chismes menos vistosos: algunos jefes suyos pagaron más de una vez a su grupo de choque para infiltrar y pudrir alguna que otra marcha cívica o gremial. Pero a Belda no le interesa el Vasco, sino las hermanitas Fabrisi. "Vi venir el tren cuando rompieron con el gobernador y se metieron con los curas", suelta. Se refiere al gobernador de la coalición, y luego a empresarios y banqueros allegados a la Iglesia. Estoy lúcido y un poco nervioso, pero decido aprovechar la situación: "¿Sánchez Arminio?". Belda sigue nublada. "Sánchez Arminio y los otros, sí —responde como si tampoco le importara eso—. Bergoglio no puede resistir ser el jefe de la oposición. ¡Otra vez! Te opera como político y se defiende como pastor. Es un genio, y acá la Casa Rosada está llena de amateurs. Se los va a comer crudos".

La meto en la cama y me tomo un vodka con hielo y limón en Belgrano R, solo en la oscuridad, reflexionando sobre los hechos inconexos de una misma telaraña. Todos los personajes se acechan y se entrecruzan porque están atrapados en esa tela pegajosa que una araña errante tejió con mucha paciencia. A la semana siguiente visitamos con el Salteño el gran barrio progresista: a los dos lugartenientes del puntero les rompemos los dientes y una pierna, le calentamos al insubordinado los testículos con una plancha de ropa y, antes de irnos, le ametrallamos con una Uzi y un AK-47 el frente de su casa.

IV

LA RUBIA

Llega por fin un otoño indeciso, donde un día parece verano y otro invierno crudo, y Cálgaris manda preparar tres nuevos dossiers con clientes fijos y ocasionales de Débora Rig. Después de muchas pipas y de unos cuantos días de examen y cavilación, resuelve atacar a un empresario exhibicionista, que coquetea con el jet set y la política, y que pone guita en campañas de distintos partidos. Ya no se trata de un galán ni del circuito habitual del chismorreo, y es por eso que a los chats de seducción, las fotos comprometedoras y los audios y videos editados, suma una denuncia por lavado de dinero con recibos escaneados e infografías que le prepararon los hackers de Palma y un experto en delitos financieros que hace horas extras para la Casita. Reviso en Google las andanzas del empresario y examino detenidamente a su esposa, que es de una belleza refinada pero sensual. Me pregunto una vez más por qué un hombre necesita una puta de televisión teniendo en casa a esa hembra de bandera. O incluso a modelos elegantes y discretas, que se le regalan o le cobran monedas por un polvo secreto. Y por qué, en el colmo de los colmos, un hombre rico y en buena forma busca obsesivamente a una mediática que ya demostró ser más peligrosa que una piraña en un inodoro. Luego me digo que la pantalla, el micrófono y el peligro erotizan, y que hombres pulcros se excitan con asuntos sucios y bizarros. Este muchacho entra como un caballo, no deja cagada por hacer: sus incursiones incluyen técnicamente acoso sexual y situaciones que pueden leerse como sadomasoquismo o como violencia de género. Y el informe financiero es lapidario. Llevo el pendrive al departamento de la calle Uruguay, y espero a la Rubia mientras se da un baño de inmersión con mucha espuma y habla como loro acerca de sus hazañas económicas en las discotecas de moda, todo sobre un reguetón que lastima los oídos. Aprovecho para inspeccionar sus cajones y armarios, libres de papeles, de cuadernos y de libros, y pródigos en juguetes, chucherías y trapos vistosos. No hay micrófonos ambientales: ni nuestros ni de nadie más; tampoco zócalos huecos o caja de seguridad. La cocaína está guardada en el freezer y los ahorros repartidos, sin mucha imaginación, en un tarro de café y en un sobre pegado con cinta adhesiva dentro de la mesita de luz. Sabemos, por Palma, que la plata verdadera está en dólares y en una cuenta a la vista del Banco Francés. Los tesoros ocultos de Débora Rig no son sólidos sino digitales: flotan a salvo en la tablet, la computadora de mesa y el smartophone, pero controlamos los tres artefactos en tiempo real así que para nosotros no hay secretos. Sale del baño en bata, secándose el pelo y me ofrece una copa. "No, gracias, estoy de servicio", le digo como si fuera un policía y como si estuviéramos en un capítulo de *La ley y el orden*. Se ríe con la palabra "servicio". No creo que, a esta altura, piense verdaderamente que trabajo para la Policía Federal. Le entrego el pendrive. Y ella lo sopesa con el ceño fruncido, como si quisiera calibrar a tientas el tamaño del problema en que se meterá esta vez. "¡Mi bombón! —exclama al conocer la identidad del blanco—. ¡Qué malos! Con lo bien que se porta mi bombón".

—Mientras dure la operación no podés acercarte al freezer —la prevengo—. Esto es más complicado y hay que tener el pulso firme y la mente despejada.

Deja la toalla, se sienta frente a la computadora y conecta el pendrive para ver de qué se trata. Vuelve a reírse, esta vez a carcajadas, con los diálogos: "¡Le cortaron lo mejor!", se queja. Le explico, una vez más, que solo podemos entregar lo publicable. "Pero una teta se podría ver, boludo

—me lanza, divertida—. Aunque sea para que le pongan un esfumado".

—Me preocupa que empieces a tener aires de estrella.

—¡Soy una estrella, boludo! —vuelve a exclamar, y señala el texto en su computadora—. Y ese mamotreto, ¿qué carajo es?

—Una investigación sobre paraísos fiscales.

—¿Y eso con qué se come? ¿Vos te pensás que los chimenteros van a agarrar esa papa caliente? —Junta los dedos de la mano, tiene las pupilas dilatadas.

—Vas a empezar, como la última vez, por los enigmáticos del blog, después hacés todo el strip tease en Instagram hasta el video. Y retaceás entrevistas hasta el final. Recién cuando aparecés, hecha una faraona, explicás que te quieren callar y que tenés una bomba.

—Miro a cámara y digo: ¡atención, diarios, porque esto es el Watergate! —grita, y agita los pechos siliconados bajo la bata—. Y amenazo a alguien, que supuestamente me está amenazando.

—Exacto.

—¿Y anticipo qué?

—Que el tipo hizo algo mucho peor que ponerle los cuernos a la mujer.

—¡Cagó al país!

Asiento, y ella mira el techo, regocijada, imaginando todo.

—Y yo amo a mi país.

—Claro.

Sigue perdida en su ensueño, anticipando la renovación de su fama. Está engolosinada con el rating y con la fama, y esa es otra droga dura.

—Suponemos que el tipo va a meter una demanda judicial o que va a querer adelantarse y curarse en salud —sigo—. Por eso tenés que subir al día siguiente el informe. Sin pérdida de tiempo.

La Rubia parpadea unos segundos y vuelve a tierra.

—Me van a preguntar de dónde lo saqué, boludo.

—Te lo hizo llegar un amigo, que está indignado por cómo te hace sufrir ese oligarca, y lo impune que se siente por los millones y los contactos políticos que tiene.

—Yo soy una chica de pueblo y él es un ricachón sin sentimientos.

—Claro.

—Buenísimo —parpadea—. ¿Y qué pasa si algún juez me aprieta?

—No va a llegar tan lejos —la tranquilizo—. Pero si llega, vas a explicar que en realidad no hay ningún amigo. Que el informe te llegó anónimamente a tu correo. No te preocupes, porque un hacker te lo va a instalar con fecha y todo.

—¿Cómo pensás que va a reaccionar él? —quiere saber, y se muerde el labio inferior—. Tiene mucho billete, boludo. No sería la primera vez que alguien me manda un matón o algo así.

—Estás protegida y vigilada, Rubia —le miento—. Y una vez que lo hagas público, él queda bajo sospecha: si te resfriás, lo encanan.

Repetimos lentamente la metodología, para no dejar nada librado a la improvisación, y después fumamos con un reguetón lento de fondo.

—No vamos a ir al cielo, ¿no? —comenta ella, como si estuviera viéndonos desde afuera y desde arriba.

—Gente como vos y como yo no cree en el cielo —le respondo—. Pero tratá de no caer en el infierno...

—¡Ay, qué decís! —me codea, espantada—. Yo creo en Dios, y sé que siempre me va a tirar una soga. ¡Siempre, siempre, siempre!

La soga con la que van a ahorcarnos, pienso.

Durante veinte días la operación se despliega sin mayores inconvenientes, y el coronel se muestra satisfecho por la perfección de cada paso. El empresario ofrece indemnización y sobornos, hace presentaciones en tribunales, realiza su descargo en un programa de cable, otorga tres entrevistas para denunciar que es víctima de una vendetta política y consigue alcanzar la primera plana de todos los periódicos nacionales.

—Sus abogados le aconsejan que se olvide de la Rubia y que siembre la idea de una conjura del poder —reconoce Cálgaris, subrayando un ejemplar del diario *La Nación*—. El ciudadano medio se cree muy listo. Si le sugerís que hay otra historia detrás de la historia, la compra de inmediato. Acá nadie quiere quedar como un ingenuo ni como un perejil.

—Débora la tiene más fácil que nunca —le digo.

—Por supuesto, ella corre por otro andarivel. —El viejo se rasca una ceja—. Y el expediente marcha por el suyo. Es un cañón. Hasta podríamos vehiculizar, llegado el caso, denuncias falsas. La opinión pública las tomaría un tiempo como verdaderas, y para cuando se dieran cuenta, el mal ya estaría hecho. Funciona. La verdad es que funciona muy bien, Remil. Seguí monitoreando sus movimientos, y en lo posible, tratá de que se mantenga razonablemente sobria y no derrape.

Esta misma tarde recibo un mensaje de texto: "Hay novedades". Bublik me invita a cenar en Villa Celina. La invitación me resulta tan insólita que espío desde lejos y con binoculares toda la cuadra, doy varias vueltas por el barrio buscando vigías o francotiradores, y cuando me convenzo de que no es una encerrona, estaciono la camioneta a quinientos metros y toco el timbre con la mano izquierda. Porque empuño la Glock en la mano derecha, con discreción y a brazo caído. El Ruso me recibe en musculosa blanca, con su narizota colorada y sus mejillas picadas de viruela, y descubre la pistola. "Sos tan desconfiado como Garmendia", dice con media sonrisa, y se hace a un lado para que pase. Reviso todas las habitaciones antes de enfundar la Glock. Luego cruzo el patio trasero y entro en una segunda cocina, más pequeña, y en un segundo comedor anticuado pero intacto. Los muebles son viejos y oscuros, y el papel de las paredes data de los años 50. Una foto sobre un aparador muestra a los padres y hay un retrato del alumno Bublik en su primer día de clase.

El olor del guiso es intenso y apetitoso, y gira un vinilo con los grandes éxitos de Troilo. Nos sentamos a la mesa y el Ruso sirve lentejas con chorizo y panceta, y llena los vasos con un vino tosco y denso. Toda la escena parece transcurrir en el pasado. Pruebo con cuidado la primera cucharada humeante y lo elogio con un gesto. "Mi vieja", responde como un niño grande. Cenamos con Troilo, tema tras tema, hasta que el anfitrión da vuelta el disco y todo vuelve a comenzar. No acepto un segundo plato de lentejas, y entonces él desiste del suyo, y fumamos repasando los últimos tangos. El Ruso cambia el vinilo por *A mis amigos* de Pugliese y su orquesta típica, y antes de guardar el anterior lo limpia delicadamente con una franela. Estamos en el santuario de una Argentina que se extinguió hace décadas. Similar, de algún modo, al museo guevarista que Garmendia ha levantado a su alrededor. Un doble ejercicio de nostalgia, con una diferencia para nada sutil: el Ruso entra y sale de esa ficción nostálgica; el Vasco permanece en ella como si se tratara de la mismísima realidad. O al menos, la base de una realidad que puede ser posible si se repiten aquellos mismos ritos y si se recupera aquella misma voluntad revolucionaria.

—Son una banda de locos, negro —comenta Bublik de costado, con las piernas cruzadas y un codo en la mesa—. Una banda. Empezando por el Vasco. Quise agarrarlo en algún renuncio; tuve esperanza de que no consumiera su propia mercadería. Pero no hay caso, no tiene fisuras. El tipo está chiflado. De verdad se cree que el pueblo busca una salida y que él está destinado a ser su vanguardia. Que lo pensáramos todos en nuestra juventud, con la revolución cubana ahí nomás y los rusos dominando el mapa... bueno, vaya y pase. Pero Garmendia vuelve a comprar ahora. O incluso, mirá lo que te digo: a lo mejor nunca dejó de creerlo, ni por un minuto. ¿Te imaginás esa cabeza? Echa humo.

—Siempre que nos vemos terminamos en lo mismo.

—Sí, en Gorriarán —acepta, y acaba su vaso y lo vuelve a llenar—. Convenció a esos pobres infelices de que los "carapintadas" preparaban un golpe de Estado.

—Y que era imprescindible adelantarse y copar el regimiento a sangre y fuego.

—Y después se convenció a sí mismo de que, una vez que se hiciera pública su proeza, los apoyaría una gran movilización popular y que podrían redireccionarla a Plaza de Mayo y que terminarían tomando la Casa Rosada...

—O al menos condicionando al Presidente —completo—. Había teorías de máxima y de mínima. ¿Sabés qué les dijo Gorriarán antes de lanzar el ataque?

—No, no.

—“Este es el último tren de la historia y hay que tomarlo”.

—Garmendia lo dice todo el tiempo —informa, pasándose la mano peluda por la frente—. Pero, bueno, también existía en los 80 un contexto histórico, negro. Dos alzamientos militares. Había un poco de agua en la pileta.

—Ahora estamos en la dictadura neoliberal, Ruso, no te olvides.

—También es cierto que si triunfás sos Fidel Castro y si perdés, sos Gorriarán Merlo. La historia es muy puta.

Ya no puedo seguir con ese vino, así que me estiro y escucho un momento a Pugliese con los ojos semicerrados. Noto que Bublik prende su segundo pucho y lanza el humo y eructa:

—Y alguien le está bombeando guita, negro. Guita grosa. A tal punto, mirá lo que te digo, que a algunos de sus muchachos del entorno les está entrando la codicia.

—Creí que todos eran fanáticos.

—Bueno, no todos. Y algunos son fanáticos, pero no boludos.

—¿Y qué hace con la guita? —quiero saber.

—Compramos trotyl —responde, y nuestras miradas se cruzan por primera vez—. En cantidades industriales. Y también fusiles automáticos. En el mercado negro. Todo taca taca.

Lo animo a seguir hablando. Se encoge de hombros:

—No larga un dato, negro. Pero parece que alquiló una cabaña en el sur. Y que en unos días nos vamos de picnic. Todos. En ómnibus escolar.

—Más entrenamiento.

—Me imagino que sí. Y como la otra vez, todos dejamos en casita los teléfonos y las computadoras.

—Para que nadie los localice.

—Nos van a dar ropa y borcegos —Bosteza ruidosamente—. Parece que vamos a hacer una caminata larga, larga.

—Trekking bosque adentro.

—Muy adentro.

—Donde no se oigan las pruebas. ¿Y qué más?

—Por ese lado, nada.

—¿Hay otro lado?

—Es drogón, pero sin exagerar y por momentos. —Se pone de pie para recoger la mesa—. Cuando estuvimos en el campo, me dijo que lo acompañara un día al pueblo. El dueño de casa tiene un coche. El Vasco se dio un saque en el baño, se paró en el acelerador y fuimos arando por esos caminos de mierda. Casi nos comimos un camión y, más adelante, casi nos pusimos el auto de sombrero en una banquina. Después los muchachos se cagaban de risa. El Vasco es muy tuerca, le gusta mucho hablar conmigo de motores. Y, sobre todo, le encanta correr.

—Sí, tiene dos o tres antecedentes —recuerdo—. Y un homicidio culposo.

—Y varios líos más —dice Bublik desde la cocina—. Los bogas del Frente Judicial lo sacaron de varias. Un peligro.

—Un kamikaze.

Doy vuelta el disco de Pugliese con la misma delicadeza, como si se tratara de una pieza única y extremadamente frágil.

—Pero se mantiene en forma, eh —retoma el Ruso: se oye la canilla y el ruido de los platos—. Sigue todos los días, llueva o truene, la rutina del combatiente. Carrera en cinta, saltos de rana, abdominales y bíceps con pesas, y tiene una colección de cuchillos de comando.

—Guerra de guerrillas. Recuerdos de La Habana.

—Se ejercita con el cuchillo, negro. Y cualquiera que estuvo en la tumba, y se tuvo que procurar una faca, sabe el valor que tiene eso.

Sirve en tazas, cuatro temas después, un café horrible y dos porciones de un bizcochuelo reseco y a medio terminar. Me muestra un avión en miniatura que fabricó su padre: es un Messerschmitt BF 109, un caza alemán. También hay un Ki-84 del Ejército Imperial Japonés. Finalmente, baja la obra maestra: un Fokker Dr. I, el triplano que utilizaba el Barón Rojo. Son todos de una gran perfección, y me imagino la paciencia y dedicación que demandaron.

—El viejo soñaba con ser un héroe, pero era solamente un artesano —dice el Ruso, y tose con una especie de irónica amargura—. Guerras de juguete.

El sacerdote le indica al coronel los objetos de la iglesia saqueada: la cruz en alto, el revoleo del incensario, el cáliz que cuelga de una montura. Y después se detiene en el crucifijo de la cautiva, que aún no ha sido arrancado. Es una mujer blanca y va desmayada y semidesnuda en el regazo del indio que la raptó, y Cálgaris le muestra al padre Pablo las facciones de ese guerrero supuestamente enternecido por su presa. Lo compara con la fiereza de otros rostros del cuadro, y aventura la teoría de un romance en ciernes. Sonríen ambos, viendo ese malón que cruza la llanura bajo un cielo tormentoso. Yo no puedo dejar de mirar la cabeza decapitada y el perro que corre junto a los caballos en ese regreso festivo y desesperado a las tolderías. "Fíjese en el juego de las líneas —dice el amigo de Bergoglio, señalando las distintas posiciones de las lanzas—. Tenga en cuenta que esa técnica la aprendió en Florencia". Estamos en Bellas Artes, y hay unos pocos turistas extranjeros en los salones del museo. Es una mañana muy fría, y el salesiano nos ha citado frente a ese óleo de 1892. Nos sorprendió que hubiera aprovechado sus vacaciones para retornar a Buenos Aires, y que nuevamente nos encontremos los tres para hablar de asuntos confidenciales en lugares públicos y abiertos. Esta vez Pablo usa camisa negra y alzacuello, aunque el resto de la indumentaria es civil: un pulóver de lana gruesa, un gabán oscuro y una gorra impermeable que se calza cuando salimos a la vereda y caminamos por el parque inmediato. El sol se mueve y el tráfico lerdo y ruidoso nos obliga a hablar a los gritos, por lo menos hasta que los semáforos cortan el paso y se hace algo así como un corto silencio en esa intersección de avenidas. Miro alrededor y a lo lejos, buscando el brillo o el indicio de binoculares, cámaras o teleobjetivos; tengo el ojo entrenado y no detecto nada, pero nunca se sabe. El cura y el viejo se aproximan a una figura de bronce y la rodean, comentando sus formas. "Jamás había reparado en '*El centauro moribundo*' hasta que lo vi en París —dice Pablo—. Acá es prácticamente invisible". Recuerdo ahora una tarde calurosa en la que Cálgaris me arrastró hasta el Museo Bourdelle, en una calle que tardamos bastante en encontrar, detrás de las Galerías Lafayette de Montparnasse. "Tocado y hundido, con las patas traseras caídas y esa contorsión imposible del cuello, fíjese qué notable, coronel, y qué triste". Cálgaris carga su pipa y enciende el tabaco, y Pablo afirma sin énfasis, como si se siguiera solazando con el arte: "Me dicen mis colegas que su gobierno también está herido de muerte". Cálgaris larga una columna de humo y el viento la dispersa: "Este gobierno es tan mío como cualquier otro, padre —le aclara—. Ellos pasan, nosotros quedamos".

El salesiano nos invita a cruzar por el paso cebra, y le damos el gusto. "Esta sensación ya la vivimos —comenta—. La gente corre a comprar dólares, sube el riesgo país, aumentan los precios. Los hermanos de la villa tienen miedo a saqueos, a la toma de terrenos y a levantamientos. Los comedores no dan abasto. Crece la bronca". El coronel marcha con las manos en los bolsillos y la cabeza gacha, pateándose la sombra. "Es un momento difícil, pero no se deje engañar: no va a haber ninguna explosión —responde—. A menos que la provoquen sus amigos. No estamos en 2001". Percibo que no vamos muy lejos: *Heracles el arquero*, otra escultura de Bourdelle, ahí nomás en Plaza Dante. Rodilla en tierra, con una pierna en una roca y lanzando una flecha invisible: francamente, después de tantos libros y tantas novelas históricas, no puedo imaginar que ese arquero flacucho sea Hércules. "¿A quién se refiere con 'mis amigos', coronel?", repregunta tocando el talón de bronce. "A los que ponen el grito en el cielo, a los que organizan la calle y a los que juegan con el souvenir del helicóptero —replica sin el menor sentimiento—. Conviene que el Presidente renuncie y se vaya sin cumplir el mandato. Eso siempre te deja las manos libres. Es un negocio que se inventó en el 30 y todavía da muy buenos dividendos". Pablo contempla al arquero, pero me doy cuenta de que no logra concentrarse. "Nosotros solo hacemos tarea de contención", refuta. "Y articulan a toda la oposición, padre —ríe Cálgaris: se quita el sombrero y le seca la corona de cuero con un pañuelo de seda—. La santa alianza: pobristas, progres y lúmpenes del mundo uníos. Hagan lío y anden con olor a oveja. Puerta de Hierro queda en Santa Marta". Pablo lo acompaña en la risa. "Mitos, mitos", repite, y me pide un cigarrillo negro. Cálgaris se encoge de hombros y se vuelve a colocar el sombrero: "Tiene derecho, Wojtyla hizo algo parecido con Polonia".

Vamos fumando hasta el tercer monumento: el general Alvear. El caballo original, o su modelo o lo que mierda fuera, ocupa el centro del jardín de Bourdelle que visitamos hace unos meses; después en el antiguo taller, vimos distintos ensayos y maquetas. "De cerca no podemos apreciarlo, porque está muy alto, y de lejos tampoco, porque está demasiado perdido —comenta Pablo mirado hacia arriba—. Y sin embargo, es una obra magnífica". Parece que estuviera hablando con parábolas y metáforas, como Jesucristo. Cálgaris me anima a que desarrolle mi resentimiento contra Carlos María de Alvear, que al salesiano lo sorprende. Su soberbia de aristócrata y niño bien, su amor por la espectacularidad, sus errores diplomáticos y su eterna rivalidad con el general San Martín, a quien solo podía concebir como un subalterno. "Casi eligen padrinos en Londres, en casa de Parish Robertson —completa el viejo, divertido—. Como verá, Pablo, somos decididamente sanmartinianos. Sus enemigos, son los nuestros".

Encontramos un banco al sol, y ellos se sientan y recurren a sus anteojos oscuros. Yo no me quité los míos en ningún tramo de este paseo al aire libre, pero permanezco de pie, apoyado a lo sumo en el espaldar y examinando los alrededores y el fluido constante de los autos. El coronel golpea la pipa para desprenderse de las cenizas y de los restos, y le explica someramente al cura quién es Bublik, por qué lo elegimos y cómo el Ruso consiguió penetrar el círculo operativo de Garmendia. Pablo quiere saber qué hizo Bublik en el pasado, y descubro que Cálgaris no le retacea información, al contrario: presume de la idea y del trabajo para justificar la factura. Que será gorda. Le cuento a nuestro cliente que antes de marchar al sur, el Ruso me llamó para decirme algo hilarante; el Vasco le consiguió un contrato en Moreno: "Soy un asesor que no asesora. ¡Por fin soy ñoqui!". El viejo le habla a su interlocutor como si éste no fuera un compatriota, o como si hubiera estado demasiado tiempo en Europa y hubiese perdido entonces la perspectiva: "La aspiración máxima del argentino promedio consiste en ser un empleado público. Aquí el Estado es Dios".

El amigo de Francisco, en esta ocasión, no sonríe. Y no se trata de que el mandamás de la Casita haya pronunciado una herejía, sino de la palabra "trotyl", que dejó caer y que le pegó en la nuca. Ahora mantiene el entrecejo arrugado, y demanda detalles. Le hago un resumen. Cálgaris menciona a la Tana Coletti y le da la derecha: "Su presunción era acertada. Garmendia pretende montar, como en los tiempos de plomo, una operación militar. Pero no creo que tenga decidido todavía si es un atentado o un copamiento o algún otro disparate. La chispa de una insurrección".

El salesiano suspira largamente y se quita la gorra. La gira entre las manos mientras se mira los pies, con los codos sobre los muslos. "Un lobo solitario haciendo aprontes —agrega el viejo—. Un ególatra incentivado por el clima de época y alienado por este revival setentista". Pablo se quita las gafas por un momento y se aprieta el puente de la nariz, como si un dolor punzante lo estuviera atormentando. "No tiene jefes y está lanzado —continúa parsimoniosamente el coronel—. Y no creo que, a esta altura, alguien logre disuadirlo. Ni Sandra Coletti pudo. De todas maneras, a lo mejor pueden invitarlo a Roma y darle un Valium". Pablo se endereza, como pinchado por un alambre y le dice en tono bajo pero enérgico: "¡No metamos al Santo Padre en esto!". Luego se coloca de nuevo los anteojos y respira pesadamente. "Él no tiene la menor idea de lo que está pasando, y ya carga, pobrecito, con los problemas del mundo —declara, como para sí mismo—. Tenemos que estar lo más lejos posible. Todos nosotros. ¡Todos!". De repente Garmendia tiene lepra. A Pablo le sudan las manos, se las restrega en el pantalón. "De todos modos, Garmendia está tronado y es inmanejable —lo acompaña el coronel, con tono paternal y revisando su propio argumento—. Si la Iglesia le planteara frenar la 'rebelión popular', diría que la Iglesia volvió a traicionar a los pobres. Ya sabemos que para estos tipos no importa la realidad sino el relato. Y el Vasco se siente el Papa de su propia grey revolucionaria. Ahora voy a darle mi opinión profesional, Pablo. Podríamos hacerlo detener por la policía o conseguir que lo denuncie la prensa. Siempre una tentativa es menos grave que una tragedia. Pero un exguerrillero con explosivos y un plan terrorista sería un bocado mediático de difícil pronóstico. Y con dimensión internacional". Apagadamente, el cura dice: "Igual nos alcanzarían las esquirlas, estaríamos prendiendo nosotros mismos la hoguera que queremos apagar". Me vienen a la memoria las tres fotos de Garmendia con el papa Francisco. A Cálgaris no se le mueve una arruga de la cara: "Vea, padre, también podemos hacer una operación secreta y neutralizarlo discretamente, aunque puede resultar cruenta. Acuérdese de que no es Caperucita, es el lobo. Y un lobo acorralado, muerde y desgarra". El sacerdote vuelve ahora también su mirada al río de coches que avanza hacia el centro de la ciudad a paso de hombre. De pronto se ha nublado, y hay silencio entre nosotros. "La prioridad es que nada de todo esto se haga público", murmura finalmente. Y nos pide que lo acompañemos hasta la iglesia del Pilar. Supongo que quiere rezar por nuestras almas.

Vuelvo a Recoleta esa misma noche, porque tengo una cita en el café del Hotel Alvear. Ignoro cómo consiguió mi número, como ignoro tantas otras cosas de Claudine Le Brun. Me espera frente a su Negroni, en un ángulo del salón, enfundada en aquel mismo vestido de lentejuelas negras que llevaba en Chez René. Su mensaje amortigua la sorpresa del encuentro: nos abrazamos levemente y nos saludamos con dos besos de mejilla. El lobby bar está a media luz y solo hay unas pocas mesas ocupadas; suena de fondo algo así como Piazzolla.

—Profesor Conde, pero qué gusto volver a encontrarlo —ironiza en una especie de falsa exclamación.

—Quiero creer que no ha venido a Buenos Aires con su esposo, madame.

—¿Por quién me toma, caballero? —sonríe—. Mi marido sigue en Revin. ¡Es tan productivo!

Nos miramos un momento sin disimulos, en un mutuo reconocimiento carnal que está cargado de pensamientos eléctricos. El mozo de chaqueta y moño se acerca y le pido una cerveza.

—¿Y cómo marcha la historia nacional? —vuelve a ironizar ella, acariciándose el pelo gris y enrulado.

—Convulsionada.

—Un amigo, que es sociólogo, me lo advirtió antes de viajar: el camino del pospopulismo es tortuoso y no hay manuales a los que acudir.

—Qué amigo tan perspicaz.

—¿Te dije que me interesa la política? —pregunta, mostrando sus dientes blanquísimos.

—Todo lo que dijimos en París era mentira —replico, y la vuelvo a tutear—. Así que empecemos de nuevo. Hablemos de tu vida.

—No es tan apasionante como la tuya.

—¿De veras? —Pruebo un trago de cerveza.— Aquella noche, apenas te fuiste, te busqué en Google y en la guía telefónica, y un hacker te rastreó por todas las redes sociales. Claudine Le Brun no existía.

—Soy un fantasma —dice imitando tonos de ultratumba, traducidos al español de España. Acaba su Negroni y sigue contemplándome con sus pupilas relucientes de diversión. Después abre su cartera y me entrega su pasaporte.

—No me cabe la menor duda de que es falso —le digo sin abrirlo.

—Y ahora tienes mi teléfono —ronronea—. Me rindo, profesor. Ya soy tuya.

—Es un móvil barato y básico, lo compraste hoy en la avenida Callao, y estoy seguro de que vas a olvidarlo en Ezeiza.

—Me marcho mañana por la tarde. —Guarda el pasaporte y me apunta con un dedo—. Business de Air France. ¿Vienes conmigo?

—Pero de algo sí estoy seguro —repongo—. Siempre estás donde está Pablo.

No ha dejado de sonreír ni por un instante, pero ahora además alza las cejas y estira el labio inferior, parodiando un elogio. Luego el mozo le trae el segundo Negroni y se acoda en un apoyabrazos del sillón de pana roja.

—Tu historial es impresionante —dice, por primera vez en serio—. Esa batalla de Malvinas, la infiltración en la UP63, la Operación Dama Blanca, el papelón de Nápoles, la charada contra Farrell en la Patagonia, la guerra por entregas contra los dragones del Valle del Cauca. ¡Vaya! Y todos esos otros casos de política doméstica: protección, boicots, presiones, escuchas, seguimientos. Y lo más gracioso es que te califican como un mediocre, y que todo el crédito se lo ha llevado ese coronel tan legendario.

—Me pregunto cuánto te costó comprar mi legajo.

—Centavos.

Ya ninguno de los dos se está riendo. Bebemos sin jugar ajedrez ni devorarnos con los ojos, como en una pausa melancólica.

—Y Nuria, *chéri* —dice de costado inclinando su cabeza, como calibrando de qué materia estoy hecho—. Hombres como tú solo se enamoran una vez. Y ese tren ya pasó.

—¿Por qué me llamaste?

Se encoge de hombros; su voz es ahora muchísimo más suave y acompasada:

—Curiosidad... y deseo.

Le muestro mi propio celular.

—¿Quieres tomarme una foto? —vuelve a sonreír—. ¿Para meterla en el sistema de reconocimiento facial?

—¿Puedo?

—Prefiero que sea desnuda.

Claudine duerme en una pequeña habitación de lujo; solo hay que tomar el ascensor, y al hacerlo nos besamos con una desesperación inesperada. Última noche en Buenos Aires.

La señorita Le Brun no tiene segundas intenciones, y no pide siquiera un minuto para pasar al baño. Me gusta saborearla en ese estado silvestre, sin jabones ni perfumes civilizatorios, y que me acabe en la boca con temblores. Ahora que se han caído casi todas las caretas, la francesa es otra mujer. Aquella vez en el hotelito de Saint-Germain-des-Prés componía un personaje relativamente apocado: estaba tanteando el territorio y pasando por una esposa aburrida; aquí puede mostrar, en cambio, su verdadero carácter, que es agresivo y desprejuiciado, y no da tregua. Cedo el timón a esa hembra avasalladora y absorbente, porque ella lo exige en cada maniobra. Es Claudine, o como se llame, la que guía hoy todos los movimientos. Al principio, exige que la clave de pie y luego desde arriba y desde atrás, y no se priva de esos primeros orgasmos intensos, pero mucho más tarde me obliga a abandonarme y a dejarme lamer muy despacio, y no me permite tomar la iniciativa cuando no aguanto más: recorre con la lengua los puntos más recónditos y estúpidos del cuerpo, de un modo algo perturbador, y al final se trepa y me cabalga con alegría, y me ordena que le eyacule en la concha, algo que resisto a los gritos. Me pega cachetadas y me ofrece el culo, y después se sienta en un sofá y me coloca los talones en los hombros para que la penetre hasta hacerla llorar. Pero no derrama ni una lágrima; solo respira agitada como si fuera a darle un infarto. Boca arriba, sin cigarrillos ni coartadas, parece satisfecha, pero se trata apenas de un recreo. Pronto todo vuelve a empezar, sin palabras ni consideraciones. Apenas con alaridos de dolor y de placer, y con insultos bajos que me excitan, y con esa sensación de que la chica del *foulard* rojo solo pretende desahogarse, subirse a un avión y olvidarse para siempre de este país menor y de esta noche higiénica. En la madrugada, cuando los tiroteos han recomenzado, se le ocurre un desenlace. Me pide que acabemos juntos y sincronizados, de una vez por todas. "Quiero tu leche —me susurra—. Me la he ganado. Es mía". Nos encontramos frente a frente, y ella me está arañando las nalgas hasta hacerlas sangrar para sentir adentro la verga más y más dura. Yo siento una extraña emoción, que no puedo describir, y le atrapo la cara. Aliento contra aliento. Y le digo, dentro de su boca: "¿Quién sos? ¿Quién carajo sos?". Y en la última hamacada, mientras los dos intentamos el arte de la simultaneidad, ella se arroja al fondo de mis ojos y grita sin fuerzas: "¡Soy Remil!". Y yo me derramo y ella se estremece, y por fin se detiene, como si estuviera muerta.

Reconozco hoy en todo el cuerpo esa rara sensación animal que me asalta de vez en cuando. Y que coincide con el fin de la calma y el presentimiento de que se avecina una tormenta devastadora, con rayos y truenos, y con sus malas noticias. Cálgaris me entrega un pendrive, me pide que analice el material y que instruya a Débora Rig para hacerlo público la semana próxima. Luego toma su maletín y me ordena llevarlo en la 4x4 hasta el puerto de Olivos: dormirá en su yate, y a primera hora de la mañana cruzará con el Aubrey hasta Colonia. Pero será apenas un viaje de sábado y domingo, porque quiere estar en Buenos Aires en el momento exacto en que la Rubia lance su Exocet. Cuando llego al gimnasio de Saavedra ya es de noche, y Palma me acaba de avisar que el rostro de la desconocida denominada Claudine Le Brun no tiene coincidencias en nuestro sistema de reconocimiento facial. Pero que lo compartió con otros servicios europeos para ver si aparece algo en sus bases de datos, y espera respuestas. La francesa no tuvo ningún inconveniente en dejarse fotografiar por la mañana, antes de despedirme en la puerta de su cuarto y a punto de ducharse y preparar las valijas. Está demasiado segura de sí misma: los fantasmas no dejan rastros, las respuestas de nuestros camaradas no serán satisfactorias.

Hago un precalentamiento extenso y riguroso pensando en Claudine, y evaluando posibilidades: ¿espía al padre Pablo o es su guardaespaldas? ¿Está en el centro de la trama o en los márgenes? ¿O es completamente ajena a todo lo que pasa? Al coronel también lo intriga, aunque no le quita el sueño: "El Papa es un objetivo internacional; esa dama tan ardorosa puede trabajar para cualquiera". Boxeo con un veterano excampeón nacional, y no logramos sacarnos ventaja. Los dos sabemos que en la calle o en el vestuario, ese combate duraría a lo sumo diez minutos, porque él es apenas un deportista, y yo soy un luchador sucio que combina las técnicas de las Fuerzas Especiales con los trucos tumberos. Ya en mi departamento de Belgrano R me preparo un sándwich de salmón y otro de pollo, me sirvo un vodka con hielo y limón, y veo un documental sobre Putin. Duermo ocho horas seguidas, y mientras desayuno café y jugo de naranja exprimido, enchufo el pendrive y lo abro para pegarle un vistazo. La tostada se me cae de la boca. Es un informe extenso, concienzudo y documentado sobre la gran debilidad de la Señora 5. Dos comas etílicos de los que yo no tenía conocimiento: uno en Madrid y otro en Buenos Aires. Con fotos horripilantes, vergonzosas, impublicables, e historias clínicas robadas de consultorios. Audios de llamadas nocturnas donde BB habla borracha, pronuncia barbaridades o cae en delirium tremens. Y el diagnóstico definitivo de un médico especialista en toxicología: trastorno severo por consumo de alcohol. La jefa del servicio de Inteligencia del Estado es alcohólica declarada, y lo oculta. Cálgaris incluye un titular con la modulación exacta de la primicia, para que no haya dudas sobre cómo instalar en la opinión pública esta información. Me doy perfecta cuenta de que todos los otros ensayos con Débora Rig tenían como único objeto crear las condiciones para esta puñalada. Escondo el pendrive en mi zócalo y conduzco con la mente trastornada hasta la playa municipal de libre acceso. Estaciono bajo la arboleda y me quedo sentado frente al volante un tiempo indefinido, imaginando cada una de las secuelas mediáticas y personales de este carpetazo. Que es un nocaut. Beatriz subestimó a su rival, los dos se volvieron incompatibles y esto es para mí un verdadero desastre, una guerra fratricida entre dos personas que me cubren y valoran, y a quienes profeso respeto, simpatía y una doble lealtad. ¿Aunque son sentimientos parejos? ¿Puede compararse un padre exigente y espinoso de toda la vida con una madre reciente, afectiva y protectora? Me pongo el traje de neoprene y me arriesgo en un río revuelto e inestable. Nado sin concentración entre olas fuertes, cavilando sobre el balazo que debo pegarle a la única persona que se preocupó por mi futuro, que me hizo pensar que lo tenía. Y también sobre las consecuencias que podría desatar el hecho de traicionar por primera vez al hombre que me salvó de la locura y del hambre. Ese hombre fue siempre mi norte, mi código, mi biblia, mi patria. Esa mujer fue una sorpresa agradable en el ocaso de un nadador que ya no puede aventurarse por aguas abiertas y que un día de estos no conseguirá volver a la playa. Regreso con muchísimo esfuerzo, agotado y sediento. Me quedo un largo rato en la arena sucia, boca arriba, y después elongo y bebo un litro entero de agua mineral. Me siento desangelado y dividido, y con los peores pálpitos.

El fin de semana transcurre lentamente, porque me niego a sacar el pendrive y cumplir la directiva. Me niego a que llegue el lunes y el coronel me pregunte si ya entregué el misil y cuándo será el día D. De hecho, cuando el lunes finalmente se presenta y el coronel ya se encuentra de nuevo en la base Chacabuco, la pregunta llega a destino. "Elegimos el miércoles", le miento. Y para crear una coartada luego le grabo un mensaje a la Rubia: "Te visito el miércoles con un regalo". Que ella ni siquiera responde. Son días de insomnio parciales y pesadillas densas, y en la misma madrugada del martes Palma me despierta tartamudeando: "Poné la tele". Sintonizo desde la cama un canal de noticias y hago zapping rápido, y veo el operativo y escucho a los movileros y leo los videographs. No termino de vestirme cuando me entra una videoconferencia para cuatro: el viejo le ordena al Salteño que se acerque e inspeccione el lugar de los hechos, y nos indica a los demás que acudamos de urgencia a la Casita. Cuando llegamos, Cálgaris ya está en su oficina de comando, con los televisores encendidos, el pelo revuelto y en camisa blanca pero sin corbata ni gemelos. No hay tiempo para coqueterías ni música ni remilgos. "Quiero que le destruyas el celular, la tablet y la notebook —le dice con aspereza a Palma—. Que no quede ninguna huella nuestra". Palma se aparta e intercambia palabras en inglés por Whatsapp con otros hackers de la Cueva: es una carrera loca y contrarreloj. "Habrá peritajes", anuncio. "Me cago en los peritos", murmura Palma, y saca un chupetín de Coca-Cola, se lo lleva a la boca y se concentra en la tarea. Sus dedos vuelan sobre el teclado, como los de un pianista lírico; dos aureolas de sudor le marcan los sobacos de una remera fucsia que tiene a la altura del pecho una imagen de dos *aliens* bailando un vals. Usa los troyanos que él mismo plantó para arrasar con todo. Y al final del bombardeo, pulveriza incluso las evidencias que el mismo troyano dejó en las máquinas. Cálgaris me dirige una mirada acuosa: "Roguemos que esta pelotuda no haya hecho anotaciones ni tenga cuadernos o diarios íntimos". Niego con la cabeza: "No usa papeles, coronel, todo está en sus dispositivos". Sé lo que está pensando: la cana va a encontrar ese pendrive. Pero eso puede ser incluso beneficioso para potenciar como nunca una carpeta: brindar ni más ni menos que el motivo de un crimen o de un suicidio. Y en todo caso, es un pendrive anónimo, que no puede rastrearse hasta nosotros. Cálgaris no sabe que el pendrive nunca salió de mi zócalo, y yo me debato internamente entre confesarlo a viva voz o callarlo para siempre. El Salteño irrumpe en el "manos libres" de la oficina: tipos de la Bonaerense están allanando en este preciso instante el departamento de la calle Uruguay. Señalo una pantalla: los periodistas que montaron guardia en la casa de la Rubia tuvieron su recompensa; un grupo de gorras está entrando en el edificio y el espectáculo resulta cinematográfico. "¿Quién coño es el juez?", pregunta el viejo con un rugido. "Es un subrogante del fuero federal con vinculación peronista", responde el Salteño. Nadie lo conoce y nadie sabe por qué manoteó esa causa. "Rápido para los mandados", se queja el coronel, y le pide a una de sus secretarias que lo comunique con un comisario de la Ciudad. "Comisario, ¿cómo dice que le va?", lo saluda Cálgaris, y le pregunta retóricamente por qué autorizaron un procedimiento relámpago y luego también si alguno de sus oficiales está adentro: necesita chismes en tiempo real del allanamiento. Se lo garantizan. Maca, mientras tanto, habla con un contacto en la Superintendencia de la Policía Científica de la provincia. Quiere que su contacto se comunique con los expertos que están en el campo y que le soplen las primeras impresiones. La observo operar frenéticamente, vestida por primera vez de manera descuidada, sin respetar ninguna gama de colores, producto del apuro y de haber agarrado lo primero que había en el placard. Escuchamos, sin que se haya enterado, todas sus conversaciones con Belda y leímos, por orden de la superioridad, sus chats y cada uno de sus mails. Nada pecaminoso. Sigue de novia intermitente con la agente que la Casita tiene apostada en el Palacio de las Cortes de España; fue ella, seguramente, quien fotografió a BB hace dos años en situación penosa. Hay pantalla divida en todos los canales: la puerta custodiada del edificio de Uruguay y el frente de un barrio privado en Ranelagh, cerca del club de golf. El viejo le exige al Salteño que pase en limpio todo lo que se sabe hasta ahora: hubo una fiesta ruidosa, con gente joven que entraba y salía, en una de las casas más grandes, propiedad de un comerciante fuerte de

Florencio Varela. Que la compró como inversión, pero no la ocupó nunca. La usan, en realidad, dos de sus hijos, y no es la primera vez que organizan bailes y orgías y corre la falopa, y que los vecinos ponen denuncias en la seccional de la zona por situaciones indecorosas y ruidos molestos. Son fiestas caras a puertas abiertas, que duran todo el fin de semana y varios días más: hay gente que entra, pasa un rato y se va, o amanece en un cantero. Hace rato que Débora Rig no sale de ese antro: dicen que la vieron bailar en el jardín, bañarse en la piscina climatizada, improvisar un monólogo, firmar autógrafos. Los chicos ya admitieron que la contrataron, aunque no como prostituta, sino como espectáculo, para animar el ambiente. Las pelotas. A las tres de la mañana la empezaron a buscar por los cuartos y la encontraron en el último: desnuda e inconsciente. No podían despertarla, así que llamaron a una ambulancia. Los paramédicos dictaminaron que estaba muerta. Maca deja su celular y agrega los datos que se manejan en la Superintendencia: hay que esperar a la autopsia, pero tiene toda la pinta de una sobredosis por ingesta de cocaína. Toda la casa está plagada de huellas, pisadas, botellas vacías, vasos rotos, sangre, semen, porros y platitos de polvo blanco. Cálgaris termina su café frío y enciende su primera pipa. Está confundido. El comisario de la Ciudad le devuelve la llamada para avisarle que los bonaerenses no encontraron nada raro, y que están decepcionados porque las máquinas no funcionan y no hay ni siquiera fotos eróticas o videos porno. Me asombra la temeridad del coronel: "¿Tampoco incautaron pendrives?". Su interlocutor le confirma que no, aunque le advierte que vienen en camino peritos informáticos. "Me cago en los peritos", vuelve a murmurar Palma, que está exultante y espera una felicitación por su demolición remota. Nadie se la da. Los panelistas de la tele ya han insinuado la chance probable de que no se trate de un accidente, sino de un homicidio intencional y disimulado, y apuntan contra las víctimas de sus denuncias recientes, principalmente contra el empresario exhibicionista que está dando explicaciones en tribunales por su causa de evasión fiscal. Una exmodelo reciclada como comentarista asegura que el empresario en cuestión contrató a una agencia privada para que estableciera las conexiones secretas de Débora Rig. Buscaba a sus proveedores. El coronel chasquea los dedos: "Hay que averiguar eso". Cálgaris es socio de una de las principales agencias de seguridad, así que llamo de su parte al general retirado que la maneja y lo comprometo a chequear el rumor. La otra secretaria alerta que llama la Señora 5 por línea directa, y Cálgaris nos hace una seña de que guardemos silencio, y activa el altavoz. Beatriz no da ni los buenos días: "Me dice mi gente que esa puta estaba en una operación para ensuciarme y que es una devolución de gentilezas de un sector de la Bonaerense por el caso Paroissien. ¿Saben algo?". Cálgaris mueve las manos, burlándose de sus ínfulas. Pero responde con cautela: "Casi nada". Y lo curioso es que está siendo sincero. "Quiero que se metan en esto y vean si realmente estoy a salvo, y de dónde vienen las flechas", sentencia ella, y le corta.

Cálgaris se deja caer en su sillón giratorio. Hace una hora que está parado, dando vueltas como un tigre en una jaula. Fuma ahora con la mirada perdida. "Que parezca un accidente", dice Palma por decir algo. "Y justo viene a mancarse ahora, habría que tener mucha mala leche o creer en las casualidades", argumenta el viejo, sin filtros, y carraspea. "Pero nosotros no creemos en las casualidades —añade Maca, que pretende quedar bien y participar de un juego que no entiende—. Era una mujer odiosa, que extorsionaba y quemaba personas conocidas, y había muchos que se la tenían jurada". El Salteño vuelve a interrumpir: consiguió una fuente de la familia; la Rubia ya se había sentido mal la tarde anterior, cuando la habían encontrado desvanecida en el garaje, pero se recuperó rápido. "No pasa *one*, pichis, no pasa *one*", bromeaba. Las hipótesis televisivas rayan la demencia. Cálgaris está cada vez más sombrío. ¿Qué pasó con el pendrive?, se debe estar preguntando: ¿lo tiene ahora la Bonaerense, querrán destruir a la Señora 5 o salvarla? Va hasta el baño y cuando vuelve, limpiándose las manos con una servilleta de papel, me dice: "Dedicate con Palma a investigar a los desplazados de la Bonaerense y todo lo que rodee a esa dichosa granada del Paroissien. La mina nos va a volver locos con eso. Y muévanse, necesito estar solo".

Todos abandonamos la oficina del último piso, pero el general retirado me llama para advertirme que efectivamente un colega estuvo siguiendo a Débora Rig por orden de su denunciado; hasta donde sabe, no consiguió gran cosa. Vuelvo sobre mis pasos para dejarle esta última novedad al coronel, y lo encuentro encorvado, metido hacia adentro como un pajarraco que ha perdido plumaje y vuelo. De pronto lo veo bajo una nueva luz. El hombre más inteligente que he conocido en toda mi vida se siente más viejo y desconcertado y deprimido que nunca. Parece por primera vez un hombre acabado.

V

EL RUSO

Borro en mi casa el archivo y reviento el pendrive de un martillazo. Y salgo a caminar por Belgrano y tiro las astillas en un contenedor. Nada de eso, pienso, puede impedir que Cálgaris le haga llegar por correo una copia a un diario serio o a un periodista de referencia. Pero la experiencia demuestra que casi nadie quiere morder esos frutos envenenados: enfermedades, adicciones, historias clínicas protegidas por el secreto médico. Esa ley no escrita vale tanto para periodistas como para jueces y fiscales. Que por prudencia o interés, suelen descartar de plano las denuncias judiciales de ese tenor, o desestimarlas después de una pesquisa preliminar bajo el argumento de que el "problema" no afecta el horario laboral y pertenece a la esfera íntima. El criterio tiene más de código de la calle que de Código Procesal. Y ni siquiera los sitios más osados e inescrupulosos del ambiente informativo se atreven con esos temas. Convengamos además que echarse de enemiga a la Señora 5 no parece muy aconsejable para la salud, sobre todo porque la dama es también una experta en campañas de destrucción masiva. Débora Rig, con su centralidad adquirida e invitada a un programa de espectáculos, en vivo y en directo y sin bozal, habría sorprendido a los conductores y armado un escándalo de proporciones frente a una audiencia considerable, mientras el contenido de su blog se viralizaba. La onda expansiva, en esas circunstancias, no tendría retorno y hubiera sido tan apabullante y dañina que BB habría quedado sepultada para toda la eternidad. No solo la habrían echado del Gobierno; también la habrían arrojado fuera del Olimpo de la política. Sería por fin completamente inofensiva, y sus garras ya no podrían dañar a Leandro Cálgaris.

De vuelta en el departamento, hago fierros un rato y más tarde me aboco a las purgas de Heidi y releo los expedientes de los porongas exonerados. Al revisar el celular, descubro con asombro que recibí de madrugada un mensaje de Bublik: “Tengo lentejas, ¿venís?”. Le respondo que sí, y que llevo un vino, y a una hora razonable me cambio y me dirijo a Villa Celina. Toco el timbre, con un Saint Felicien bajo el brazo, pero nadie atiende, y entonces me acerco a la ventana para pispear el interior; solo veo oscuridad y una luz difusa en el fondo. Marco el número del Ruso y sale que está apagado o fuera de servicio. Rodeo el jardín y pruebo el portón del taller, pero también está cerrado. Sigo derecho por el pasillo lateral y me encuentro con una puerta alta de hierro y lanzas. Bato palmas y llamo al Ruso a los gritos, pero nadie contesta. Abandono la botella en el piso de baldosas, y haciendo pie en el alféizar mínimo de la ventanita de un baño me trepo a la puerta, sobrepaso cuidadosamente las puntas, me agarro de una rama y salto hacia adentro. La caída suena como un disparo; algunos perros vecinos se largan a ladrar. Por costumbre, desenfundo la Glock y avanzo con precaución hasta el patio trasero: los tres accesos están sin llave, así que primero me mando a la casa central, que permanece silenciosa y vacía, sin signos de abandono, desprolijidad o violencia. Presiono el redial para guiarme por el ring de su móvil, pero no se oye ningún sonido y entonces retrocedo hasta el santuario de sus padres: la cocinita, el comedor con los aviones, el dormitorio. Nada parece fuera de lugar. Toco las hornallas y las ollas, que están frías, y paso al taller, que es un garaje bien provisto y ordenado. Y me veo en la obligación de revisar el mensaje para comprobar si malentendí la cita, y para confirmar si la fecha es la correcta. Me siento en uno de los sillones desfondados del living, con una cerveza en una mano y la pistola en el regazo, y me quedo en la oscuridad esperando una hora entera que el Mecánico se presente. Pero no se presenta. Y busco entonces un segundo llavero y lo encuentro en un cajón; salgo por la puerta de adelante y le doy dos vueltas a la cerradura. Rescato el Saint Felicien y al cruzar nuevamente el jardín noto un objeto caído entre las plantas, junto a la puertita baja de la cerca. Me agacho y resulta que es el celular de Bublik. Está encendido, aunque allí no tiene señal, y entre sus mensajes hay uno escrito, pero no emitido: "La capilla". Viene a mi nombre, pero no llegó a enviarlo. Tal vez lo llevaba en el bolsillo y lo dejó caer al salir. Quizá no iba solo, sino mal acompañado. La capilla. ¿Qué quiere decir eso? Me lo guardo, me siento en la camioneta y lo llamo al coronel. Me atiende de malhumor, pero cuando le refiero todo el episodio comprende que pasó algo relevante. Me ordena que largue a los exonerados, le dé prioridad a la búsqueda y use a Palma. Convoco al hacker y lo pongo en autos. Tiene mapeadas a las principales espadas del "movimiento patriótico", pero en ese momento no puede localizar ni a su líder. "Cada vez que se aparta de su ruta oficial y viaja al campo o al sur abandona o desactiva el teléfono para que no se lo pueda ubicar —me recuerda—. Salió del mapa varios días durante su incursión patagónica, se activó hace una semana y se volvió a apagar hace 48 horas". Cinco o seis de sus dirigentes o ayudantes utilizan la misma metodología, y hoy permanecen también inhallables. Se hundieron con algún propósito, y Bublik está con ellos: no puede descartarse que haya sido por voluntad propia, pero más bien parece que fue algo forzado. ¿Lo descubrieron? ¿O se trata de un ardid de sorpresa para evitar fugas de información e iniciar por fin la operación planeada? "Nos vamos ya, compañero. ¿Pero adónde, por qué? Es un secreto, compañero, mueva el culo". ¿Volvieron tan pronto al sur? ¿Regresaron a Ingeniero Lartigue? Pueden estar en cualquier parte, rumbo a un magnicidio o haciendo nuevos ejercicios prácticos. Como Bublik no alcanzó a narrarme su travesía por la Patagonia, carecemos de coordenadas y pistas, así que nos queda únicamente ese pueblito sojero, en el límite entre Santa Fe y Córdoba. "El Vasco contó que esa casa era propiedad de un camarada desparecido y que en los años de plomo había sido una cárcel del pueblo". Es una tómbola, pero no gano mucho con meterme en mi despacho de la base Chacabuco y seguir la búsqueda a distancia. Puedo hacer casi lo mismo desde mi 4x4, mientras manejo por las rutas argentinas y cambio informaciones con el hacker. Cargo el tanque en una estación de servicio, y le ordeno a Palma que cruce la data de exguerrilleros desaparecidos con ese pueblo de morondanga y con algún rumor sobre secuestros extorsivos de los años 70. Programo el GPS para que me guíe por esas llanuras interminables, y me comunico con el Salteño para preguntarle por la Rubia: la autopsia confirmó la muerte por sobredosis, pero el coronel sigue mosqueado. Le relato las intrigas alrededor de Bublik y le pregunto por sus motoqueros, que fueron retirados del territorio hace varias semanas. Un error que lamentamos, aunque es cierto que no podían perseguir a los militantes más allá de la General Paz, porque eso nos habría puesto en evidencia. Me cuenta algunas anécdotas sobre las rutinas de la cúpula del "movimiento patriótico", pero ninguna viene al caso ni es muy esclarecedora. Nos entretenemos, en la noche cerrada, conversando sobre Goose Green. Los misiles filoguiados MILAN, los lanzacohetes de 66 milímetros M72 LAW y los proyectiles de fósforo blanco. Y ese maldito batallón de paracaidistas. "Ya eran cerca de las dos y media, pero lanzaban bengalas y parecía de día —me describe por enésima vez—. Al amanecer ya los teníamos encima y a doscientos metros. Abrimos fuego con los FAL y nos fuimos replegando como podíamos". Le pusieron una condecoración por todo lo que hizo entre el 28 y el 29 de mayo de 1982; en el transcurso de esas pocas horas se registraron más de setenta muertos y cerca de doscientos heridos. Pero el Salteño nunca menciona su gesta particular, sino apenas los rasgos generales de la batalla, el destino de algún que otro soldado y aquel amanecer que todavía le produce malos sueños, tantos años después y a pesar de todas las refriegas mortales en las que posteriormente se ha metido por orden de la Casa y la Casita, y a lo largo de estas tres décadas de intenso espionaje político. La charla deriva en Monte Longdon, que a mí me tiene menos obsesionado, y languidece hasta cortarse definitivamente cerca de las tres de la mañana. A las cinco, cuando el sol despunta en el horizonte,

Palma me llama como si acabara de despertarse. Pero mientras yo corría por carreteras vacías hacia esa aldea sojera, el hacker se mantuvo todo el tiempo despierto y tecleando sus computadoras, vulnerando páginas y entrando y saliendo de ellas con frustraciones y alegrías. Efectivamente, un oficial montonero nacido y criado en Ingeniero Lartigue figura en la lista de desapariciones, y existe un testimonio no muy confiable en una revista partidaria acerca de una casa operativa donde habrían escondido a empresarios raptados y aguantado la clandestinidad. La familia, que reside en Lartigue, recibió una indemnización. En el penúltimo censo nacional aparecen la madre y un hermano del occiso. Pero Palma comprobó que la anciana falleció hace tres años y que el domicilio de los dos está en la pequeña ciudad de quinientos habitantes y no en las afueras, como reportó Bublik. En esa zona de influencia hubo mucha acción de grupos de tarea, se hablaba de que era un "nido de montos". Pero jamás de Garmendia. "Timote", se me ocurre. Palma guarda silencio, como preguntando con qué se come ese plato. "La Operación Pindapoy —le respondo—. Se chuparon al general Aramburu, lo escondieron en una casa, lo juzgaron por el golpe del 55, los fusilamientos del 56 y el robo del cadáver de Evita, y lo ejecutaron". Recalo en un boliche de ruta, idéntico a tantos otros, y me lavo la cara y desayuno dos cafés dobles con tres medialunas. Y me hago llenar un termo para seguir el viaje, que es cansador y más largo de lo que imaginaba. Un gaucho me explica que podría haberme ahorrado cuatro horas si hubiera agarrado por otras rutas. Los gauchos saben más que el GPS. Llego recién pasado el mediodía a Ingeniero Lartigue, que resulta ser un caserío insignificante, bucólico y suspendido en el tiempo, apenas una posta entre dos ciudades prósperas y medianas, que quedan a diez y doce kilómetros: una hacia el norte y otra hacia el oeste. Carece de muchas cosas, casi de todo, pero no de una capilla. Se trata de una iglesia despintada, una caja de zapatos con capacidad para no más de quince devotos sentados y otros seis o siete de pie, y con dos palenques en la calle polvorienta. Destacan dos o tres edificios bajos, un incierto número de casitas chatas, un almacén, una gomería, un kiosco, un hotelucho, una panadería, algunos coches antiguos y tres o cuatro camionetas modernas. Todo está quieto, mudo y cerrado, porque es la sagrada hora de la siesta, pero hay un paisano tomando la sombra en el pescante de un carro. Estoy a punto de apearme, saludarlo ceremoniosamente y preguntarle por el Vasco, cuando Palma me rescata de esa torpeza: "El hermano ya no vive en Lartigue, Remil. Se fue cuando la madre espichó. Ahora reside en Mar del Plata y milita en La Cámpora. La casa que buscás era de su padre y sus tíos. Les recompró las partes hace un tiempo, cuando heredó, y la dejó cerrada, pero alquila el campo para siembra. Hay unos caseros en una vivienda más o menos cercana y un administrador que representa un *pool* y vigila el laburo.

Te mando el punto exacto; no te queda a más de cinco kilómetros, dirección sudeste". Esta vez no puedo menos que felicitarlo, pero lo hago lacónicamente para que no se le suban los humos. Maniobro para salir de Lartigue, mirando la capilla y la cruz en alto, y trato de hacerme una composición de lugar. El dueño simpatiza con Garmendia, comparte sus viejos ideales, y sabe perfectamente en qué fechas hay peones y merodeadores en el potrero, y cuándo hay vía libre. Una gauchada. Salgo del asfalto en una rotonda y sigo por un camino de tierra hasta la casa, que resulta ser otro chalet con galpón, molino y tanque australiano. Todo cerrado y recogido, sin vida, bajo un roble centenario, rodeado de eucaliptos y álamos, sembradíos y silobolsas. Levanto un poco el pie del acelerador pero no freno; sigo adelante porque la huella continúa y recorre kilómetros de verde y de montecitos, y parece infinita. De vez en cuando veo un tractor detenido u oxidado, o un caballo que pasta a lo lejos. Pero no hay ni un cristiano a la vista. Ahora sí freno y giro, y regreso por donde venía, y estaciono la camioneta en una sombra, y me pongo el rompevientos y una gorra, me calzo unos guantes de látex, saco la Itaka y el cinturón con cartuchos, y busco una senda lateral para las maniobras de aproximación. Y a unos trescientos metros, en un lote alambrado, examino con los binoculares y en cuclillas cada uno de los detalles. Compruebo que en la parte posterior hay un quincho y quizá una casilla de herramientas, y también algunas plantas frutales. Me llama la atención que los ventanales del frente estén clausurados, porque una ventana trasera permanece abierta: la cortina de tela se infla y se derrumba llevada por el viento. Miro en redondo con mala espina, y corro agachado, por tramos, acosado por insectos y protegido por la vegetación. Uso los prismáticos por última vez, tomo impulso y entro por los fondos, donde hay una parrilla sucia y una mesada grasienta sobrevolada por una nube de moscas. La puerta está con llave, pero hay una silla, y la arrastro para subirme a ella, apartar la cortina y meterme por la ventana. Tardo en acostumbrarme a la oscuridad y a la frescura del interior. Es un lavadero que da a una cocina: la mesa tiene un mate con yerba que no se ha ennegrecido, y migas de pan reciente. Acciono la chimaza y abro bien los ojos y las orejas. El corazón me bombea rápido. Recorro de costado el comedor desierto e ingreso en todas y cada de una de las habitaciones. En dos de ellas las camas están abiertas y las almohadas arrugadas; los baños permanecen vacíos, pero hay restos de dentífrico en un lavabo y de mierda en un inodoro. El cuarto de servicio también está cerrado con llave. Y esta vez no hay llaveros a la vista. Me detengo para afinar el oído, pero solo se oyen los rumores y los graznidos del campo. Luego me echo un poco hacia atrás y cargo con el hombro: la puerta se astilla y la cerradura cede. Cargo por segunda vez y la abro por completo, con un vacío en el estómago. Es un dormitorio reducido, con una camita y una mesita de luz. "Una casa operativa", pienso. Recuerdo Timote, y levanto la camita con una mano: abajo hay efectivamente una trampa de sótano, con un pestillo de metal. Tiro con fuerza y surge una boca oscura y un tufo húmedo y recargado. Activo la linterna del celular y bajo los escalones carcomidos, que resuenan como si fueran a romperse bajo mi peso. Detecto una lámpara próxima y la enciendo: cajas con fusiles, pistolas y municiones. El arsenal del Vasco.

Me dispongo a retomar la escalera para salir por donde vine cuando advierto una pala contra el muro, unos guantes de estibador y unas bolsas de cal. Dejo entonces la Itaka y me quito el rompevientos y la gorra; aparto y apilo con esfuerzo las cajas, y examino de cerca las irregularidades del suelo. Me pongo sobre el látex los guantes enormes, agarro la pala y comienzo a cavar. Es una faena dura, pero yo no siento el cansancio. Al final, como en Timote, la verdad emerge del subsuelo de la historia. Un sarcófago de tierra, un pozo de dos metros de largo por uno de ancho, y con poca profundidad: la suficiente para acostar un cadáver envuelto en cal viva. Transpirado de pies a cabeza, aparto el óxido de calcio y voy descubriendo poco a poco la cara magullada, la nariz rota, el cuerpo desnudo y lacerado, las manos abiertas y todavía ensangrentadas del Ruso Bublik. En ese preciso instante, alguien cierra con un golpe la trampa del sótano.

Si algo te enseñan los entrenamientos de comando es que el cuerpo actúa como una máquina automática en los momentos de desesperación. A puro reflejo, como un puma acorralado, trazando movimientos impensados, decodificando a velocidad inaudita los riesgos y las oportunidades. No recordaré más tarde, en consecuencia, por qué hice exactamente lo que hice, aunque cuando lo estudie con calma y detenimiento me daré cuenta de que no había otra forma de hacerlo. Con la trampa cerrada y la bombilla titilando, me abalanzo sobre la Itaka y disparo contra la madera. Una, dos, tres veces, y desenfundo la Glock y completo el trabajo. Trepo los peldaños aceleradamente y empujo la tapa astillada y perforada hacia arriba, que se abre de inmediato, y me agacho para no recibir la andanada de balazos que previsiblemente me esperan. Las perdigonadas y las municiones de nueve milímetros no les permitieron ni siquiera volcar la camita sobre la trampa; mucho menos bloquear la salida de la tumba con algo más pesado. Ahora nos encontramos en condiciones más parejas. Retrocedo hasta el cinturón y recargo, y vacío la Glock en una rociada y subo tres escalones más disparando la escopeta a ciegas, para cubrir la trepada y refugiarme precipitadamente en la pared de la derecha. Aprovecho, resollando, esos pocos segundos para cambiar el cargador de la pistola, y evaluar la situación, pero el enemigo no da respiro: dispara ahora con un fusil de porte y las balas atraviesan el ladrillo hueco y abren buracos muy cerca. Cuando siento que se detiene un momento para recargar, calculo a tientas desde dónde tira y le devuelvo las caricias. Aprovecho el batifondo para salir de la ratonera y colarme en un baño: desde esa posición veo su silueta, parapetada detrás de una columna y le apunto con la Glock directamente a la cabeza. Pero se revuelve y le doy en un hombro, y pega un alarido y un salto, y se defiende apretando el gatillo. Sus proyectiles salen sin buena dirección, como una lluvia desmañada, y entonces me muevo hacia la humareda, con la pólvora quemándome la nariz, y lo remato con dos perdigonadas que lo levantan en el aire y lo empujan contra un armario. Queda seco y semisentado, con las entrañas afuera y el M16, ya inútil, entre los brazos. Pero no me confío. Sé que no está solo: Garmendia dejó a dos hombres en la retaguardia. Y desde donde me encuentro, diviso un jeep cargado de provisiones y estacionado junto al galpón. La puerta del frente está entornada, y hay un silencio tan espectral que ya ni se oyen los pájaros. Verifico mis cartuchos y me felicito por haber traído un tercer cargador para la pistola. Y repto por el comedor, pendiente de cada puerta, y de vez en cuando me incorporo apenas para observar el exterior. No parece haber nadie ni adentro ni afuera, y sin embargo, sé positivamente que el cómplice está escondido o rezagado, y que más temprano que tarde se mostrará y no tendrá escrúpulos ni piedad, como no los tuvieron con Bublik, a quien sometieron a tortura y a juicio revolucionario. Me quedo calladito y atento, escuchando los ruidos estructurales de la casa y el zumbido de los insectos, y me seco el sudor de la cara con la manga; pienso en el Ruso, y también en la Rubia: los dos eran mi responsabilidad, y ahora están muertos. Y de repente un pequeño ruido me inquieta. Proviene del quincho, y entonces me concentro en la ventana y en la cortina, que se sigue inflando y desinflando al ritmo del viento norte. Cinco minutos más tarde, el ruido casi imperceptible se ha mudado al lateral izquierdo del chalet. Retrocedo gateando hacia la puerta delantera, y otra vez espío el jeep, el galpón, la huella, el verde y el cielo. Es en ese punto exacto cuando el cuerpo vuelve a desechar al cerebro y vuelve a actuar por instinto. Tiro de la puerta entornada y salgo al porche, y rodeo el frente hasta la esquina y giro como un relámpago con la Itaka a la altura de la cintura, y avanzo por esa vereda hasta el quincho y noto que la doble puerta de la casilla de herramientas está abierta de par en par. Me aventuro unos metros más, para mirar con cuidado el interior y resulta que doy con un interruptor de luz muy próximo, y lo acciono solo para chequear lo que ya sé: no hay nadie. ¿Qué guardaba en ese depósito cargado de metales e instrumentos el segundo hombre de Garmendia? ¿Y dónde se metió ahora? Una tercera y una cuarta pregunta me llenan de curiosidad: ¿por qué no ingresaron juntos en la casa? ¿Por qué uno se adelantó y el otro se mantuvo a la expectativa? A lo mejor porque el primero es el responsable de la célula y el segundo, un militante de menor jerarquía, o todo lo contrario. En esos devaneos estúpidos me encuentro cuando escucho el silbido y la detonación, y el rasguño en el brazo. Reconozco al instante la mordida de la bala y me arrojo de cabeza al suelo, y se producen otros dos silbidos y detonaciones, y los consecuentes impactos en maderas y chapas cercanas. Me arrastro hasta una pileta y una pared petisa de cemento y azulejos, y me toco la herida: sangra un poco, entre el hombro y el bíceps, pero sé de sobra que no es grave, que no tocó ni siquiera un tendón, y que me están disparando con un rifle de bajo calibre. También sé que con uno de esos rifles te pueden agujerear el corazón. Los tiros vienen efectivamente de la izquierda, y describen un trazado oblicuo: el francotirador debe estar oculto detrás del tanque australiano, al borde de una zona sembrada. Le disparo una perdigonada para distraerlo y otra para que se asuste, y corro con todas mis fuerzas hasta otra trinchera, y entonces me vuelve a caer granizo, pero por última vez, porque al parecer el rifle se le atasca y lo suelta, y se mete como un rayo entre la soja, y corre como un demente. Lo persigo con energía, y por varios minutos solo se oyen nuestros pasos apremiantes, pesados y destructivos, y el jadeo de nuestros alientos. Decido, por el bien de los dos, que lo más conveniente es obligarlo a darse por vencido, así que gatillo unos disparos al aire y le formulo, a los gritos, un ultimátum para que no siga. El sujeto corre todavía unos metros más, por fin se detiene, y de pronto se vuelve hacia mí y se coloca un revólver 38 en la sien. A diferencia de aquel morochazo relativamente joven y robusto, casi gordo, que manipulaba el M16, este es un veterano de pelo encanecido y recogido en coleta, con una barba guevarista y una facha de falso intelectual o de estudiante crónico. Freno boqueando y trato de tranquilizarlo, pero sus ojos permanecen hundidos: "Ustedes no nos matan —dice, como desvariando—, nosotros elegimos morir". Es una parodia tétrica. Le digo que no sea pelotudo y bajo las armas en señal de buena voluntad. Pero el estudiante crónico, envuelto en su liturgia, se vuela los sesos.

El héroe de Goose Green y nuestro equipo de limpieza tardan doce horas en llegar a la casa de Ingeniero Lartigue. Estacionan el camión y la Traffic, y les hago una breve gira por los interiores. Parecen un maestro mayor de obras y sus tres albañiles, y hacen un plano total y detallado de los objetivos. El Salteño prende todas las luces y coordina el trabajo. Meten al morocho junto con su M16 en una bolsa de plástico, le limpian las suelas de los zapatos y lo guardan en la Traffic, que está especialmente acondicionada para los fiambres. Luego hacen lo propio con el estudiante crónico, antes de expurgarle puntillosamente los restos de soja y teniendo mucho cuidado en no arrancarle el revólver, que sigue sosteniendo por obra del espasmo final y ya con rigidez cadavérica. Finalmente, liberan a Bublik de la cal y lo meten en un féretro de caoba: no hace falta borrar ninguna evidencia, puesto que será velado a cajón cerrado y cremado discretamente en Chacarita. Incautan el rifle y las cajas con los fusiles, pistolas y municiones del sótano, y los ordenan dentro del camión. El resto consiste en recoger casquillos, cartuchos, perdigones y proyectiles; sellar la trampa del sótano, reparar algunos orificios y destrozos, e incluso repintarlos para que pasen inadvertidos en un primer vistazo. Cuando el dulce hogar está más o menos recompuesto, los muchachos repasan esmeradamente toda la casa con agua, lavandina y detergente, y borran con alcohol y trapos todo fluido humano, toda huella digital. El Salteño es, en esta especialidad, tan bueno como cualquiera de ellos, y no se le caen los anillos. Después de revisarme la herida del brazo, que yo mismo desinfecté con cuidado y vendé con ayuda de mi propio botiquín, se pliega a la limpieza general. Cuando lleguemos a Buenos Aires, un médico de confianza me dará algunos puntos y seguramente me inyectará la antitetánica. Por ahora me arreglo con unos calmantes fuertes: es una lesión superficial, de las tantas que tuve y tendré. Gajes del oficio. Agotado y todo, no conseguí sin embargo pegar ojo en todas esas horas de espera. La adrenalina y las imágenes, y las dudas y los remordimientos me mantuvieron despierto y disgustado. Y en contacto permanente con el coronel, que trazó un plan de prioridades y realizó los llamados correspondientes. También con Palma, que no tardó en dilucidar quién era quién: los dos muertos tenían los documentos verdaderos en sus bolsillos. El tirador del M16 es un matón de cancha y un puntero de villa, que juega para el "movimiento patriótico" y también para los narcos de la zona de influencia. Estoy casi seguro de que era uno de los custodios de Garmendia aquella noche en La Plata. El estudiante crónico, en cambio, es un viejo redactor de la revista *Cristianismo y Revolución*. Militó después en el peronismo revolucionario, y fue acusado por la Orga de "debilidad y cobardía". Escribió alguna vez en otra publicación que había elegido el exilio interior durante la dictadura militar y después estuvo en toda clase de protestas violentas, justamente cuando ya la osadía no se pagaba con el pellejo. "Cacareaba mucho con la lucha armada, pero ese tarado lo único que derramó fue tinta —dice Cálgaris—. Y te apuesto a que se sentía culpable por haber sobrevivido y quería borrar la afrenta". Ustedes no nos matan, nosotros elegimos morir. Siempre quiso decir aquella frase. Que en los años más negros, alguien pronunció alguna vez de manera seria y digna. Alguien que despertaba toda la admiración del coronel. "Pero en los últimos tiempos han estado jugando con fuego y despertaron a los monstruos congelados —concluye, con un humor lunático—. Y algunos ni siquiera eran monstruos, pero querían despertar". Extrañamente, el viejo no me hace reproches, cuando podría, y esa actitud me da mucho que pensar. Cerca del mediodía, el chalet parece impecable e inocente; el Salteño y yo lo recorremos por última vez, y nos fumamos unos cigarrillos en el quincho. Después él toma el volante de mi camioneta y encabeza la caravana; nos siguen el camión, la Traffic y el jeep. Es un cortejo fúnebre.

Un comisario con jurisdicción villera acepta cincuenta mil dólares para colocar al morocho y su fusil de guerra justo en medio de un supuesto tiroteo entre bandas. Un fiscal acepta otro tanto para dictaminar de manera rápida lo que es aproximadamente cierto: el admirador de Camilo Torres se suicidó en su departamento de Quilmes. Una voz anónima, un falso vecino, avisó en la fiscalía que se había oído un disparo y que ya había mal olor. Algún que otro reparo de los forenses, si es que lo hay, no va a disuadir a este funcionario de principios. Caso cerrado. El mismo médico que me cura extiende un certificado inapelable: Bublik murió por un paro cardiorrespiratorio. Un cura de cementerio me toma por su hermano y lo despide de manera rimbombante: con el Ruso nos encontraremos alguna vez en el cielo y allí continuaremos nuestra entrañable y eterna amistad. Puede ser. Cuando al día siguiente me entregan las cenizas, no consigo sino sentir una pena profunda por su mala suerte. Su militancia malograda, su derrota definitiva, la traición de Bonet, una existencia áspera y gris, y aquella guerra de juguete, que lo había condenado a la cal viva. Me pregunto nuevamente si hubiera podido evitarle los últimos apremios, ese juicio ridículo, la sentencia de muerte y aquel sarcófago. De toda esta galería de pasados épicos, soberbias izquierdistas, discursos trasnochados y autoindulgencias de ficción, el Mecánico era el único personaje cabal. El único que se bancaba la intemperie, la verdad desnuda.

Palma, en tanto, sigue buscando a Garmendia, que permanece borrado y sin celular conocido. Eso puede significar una de dos cosas: el descubrimiento de un infiltrado lo desalentó o, al contrario, lo convenció de apurar el paso. Hay también una tercera opción, y es que todavía no haya tomado la decisión final. Como contracara perfecta, el escándalo de Débora Rig se apaga, a pesar de que hubo un gran alboroto cuando los tribunales oficializaron la imposibilidad técnica de reconstruir sus archivos digitales. Pero pasada más de una semana, lo cierto es que la opinión pública ya aceptó la hipótesis de la sobredosis, los panelistas son todos expertos en adicciones y el foco derivó hacia el empresario exhibicionista, que fue abandonado por su bella esposa. Hace tres días que el coronel se encuentra en Colonia, recuperándose del mal trago, o quizá tejiendo deducciones y planeando sus próximas movidas. Así que me toma por sorpresa la llamada histérica y lacrimógena de su secretaria más antigua: a Cálgaris lo ametrallaron en el puerto de Olivos y está en coma.

VI

EL CORONEL

Leandro Cálgaris acababa de atracar y andaba por cubierta, cerca del timón y preparando el desembarco, cuando recibió una ráfaga apagada. Se supone que algo entrevió, tal vez una sombra amenazante, porque alcanzó a cubrirse con un brazo y a girar como si quisiera huir o amortiguar el fusilamiento. Por efecto de los disparos o simplemente porque patinó, su cuerpo cayó por las escaleras hacia el interior del Aubrey, y el resto de los proyectiles no llegaron a alcanzarlo. Los asesinos eran dos y lo atacaban desde arriba y desde la calle, ubicados entre la parrilla y el Yacht Club. Finalizada la tarea, que duró veinte segundos, se subieron a un Volkswagen Bora 2.0, que habían robado en Núñez, y en lugar de tomar hacia el sur, donde a doscientos metros se habrían cruzado con el cuartel de Prefectura, doblaron en la primera calle a la izquierda y en la siguiente a la derecha, salieron a avenida del Libertador y escaparon hacia el norte. Habían pasado lo más campantes por la garita de seguridad, que justo en ese momento estaba vacía; habían esperado la llegada del Aubrey en el interior del coche y habían disparado con una Ingram MAC-10 que tenía silenciador y munición de 9 milímetros. El viejo recibió un disparo en la espalda, otro en una nalga y un tercero en el brazo izquierdo, y se fisuró la clavícula contra los escalones. Una ambulancia lo llevó al hospital más próximo y pocas horas después conseguimos derivarlo a un sanatorio de Barrio Norte. Allí el jefe de Terapia Intensiva me informa que por su edad y por las características de las heridas su situación es delicada. Está ahora mismo en el *shock room*, donde intentarán estabilizar sus funciones vitales. Sé lo que eso significa: está inconsciente por el dolor y por la pérdida de sangre, y le están bombeando sueros y transfusiones. A primera vista, la bala del brazo tiene orificios de entrada y salida, y el proyectil de la nalga venía roto y rebotado: debe de estar enterrado a pocos centímetros; por lo tanto, no ocurrió lo que lamentablemente vi tantas veces: un plomo que en su trayecto perfora el estómago, el colon, el páncreas. Una carnicería. Lo que más preocupa a los médicos es, en realidad, el impacto en la espalda. Habrá que esperar, ver cómo evoluciona y hacerle una tomografía computada.

Llamo al Salteño desde la sala de espera y le pregunto qué clase de munición utilizaron; me confirma desde Olivos que no usaron proyectiles de punta hueca. Al menos esa es una buena noticia, entre tantas malas. Hay un operativo policial impresionante en el puerto, y varios capos de la Casa trajeron a sus agentes y están haciendo preguntas. "Vamos a necesitar una guardia especial, con gente probada por nosotros, y organizada por vos —le digo—. Tenemos que blindar este sanatorio, y especialmente el piso de Terapia". No hace falta explicarle nada más al Salteño; entiende perfectamente bien el riesgo que sigue corriendo nuestro jefe. Ninguno menciona a Garmendia, pero los dos tenemos demasiado frescas las últimas imágenes de Bublik. Me llama la Señora 5 por quinta vez. Le hago un reporte sintético y me asegura que dio orden de bloquear toda información a la prensa. Ya trascendió en algunos portales que hubo un tiroteo en un velero, pero la imaginación y los tentáculos de BB consiguieron que se transformara en el enfrentamiento de un valiente suboficial de Prefectura Naval con un ladrón pescado in fraganti. Gasta mucha energía en confundir a los cronistas porque no quiere la foto del jerarca de la Casita en los diarios. Que por un descuido nuestro llegó hace algunos años a la tapa de la revista *Noticias* ("El hombre que arregla los problemas"), que fue fotografiado por la prensa internacional a raíz del éxito de la Operación Dama Blanca y que ha aparecido con nombre y apellido en algunos libros de investigación periodística. Pero que por lo general ha logrado mantenerse en la penumbra de la trastienda, de donde los políticos, los sindicalistas, los espías y las fuerzas de seguridad procuran no sacarlo con una infidencia o una denuncia. Se le teme tanto como se lo necesita.

Beatriz me pregunta cómo me siento, y sin esperar respuesta, me avisa que vendrá al sanatorio para escuchar el parte nocturno. Yo permanezco en estado de irrealidad, amparado mecánicamente por la acción rápida y las responsabilidades, pero me corre por todo el aparato digestivo un río de ácido sulfúrico, y sé que en algún momento me caerá la ficha. Tengo la piel muy gruesa, un alto umbral de dolor y de asombro, y estoy en cierta medida acostumbrado a que me quieran matar. Pero Cálgaris, elegante e inalcanzable, siempre se mantuvo alejado de la arena, a lo sumo tomando algo en las gradas de ese Coliseo; esta mañana, los leones lo bajaron de un zarpazo e intentaron comérselo a dentelladas. ¿Cómo me siento? Endeble, impresionado, desvalido.

En saco y corbata, el Salteño se presenta al final de la tarde y me muestra su lista. Tacho a dos o tres, que son trepadores o vagos, y resolvemos quién manejará cada turno, y a quién nombraremos segundo jefe operativo. Pasadas las ocho llega la Señora 5 y me abraza largamente: los familiares de otros pacientes observan la escena, indiferentes o compasivos. Los médicos están atrasados, así que nos sentamos juntos en una esquina y hablamos en susurros. A Belda le aseguran que fue un ajuste de los desplazados, y que Cálgaris se puso en la mira por culpa de ella. "Te juro que nunca me imaginé que podían llegar a tanto —dice, consternada—. Pero perdieron taquerías y plazas centrales y negocios millonarios. Y si pusieron una granada y casi vuelan un hospital, mama mía, son capaces de cualquier barbaridad, Remil". No quiero ni debo contradecirla; me mantengo en silencio. "El Señor 8 quería mandar a un oficial de jerarquía para que se hiciera cargo de la Casita en esta emergencia, pero yo ya lo descarté —agrega, en voz más baja—. Quiero que vos la dirijas, y que te apoyes en mí. Me tocaron el culo estos hijos de puta, y voy a hacerlos mierda. Si no lo hago, me pasan por arriba con una trilladora".

Una enfermera nombra a Leandro Cálgaris y nos acercamos a la puerta de Terapia. El jefe de la guardia médica nos dice que tuvo una rápida recuperación vascular y que está consciente, aunque confundido. Posiblemente mañana le limpien y suturen el brazo y, si la tomografía confirma lo que piensan sobre la lesión del glúteo, le practicarán ahí mismo una extracción simple. De nuevo: el gran enigma está en la espalda. Habrá que esperar los estudios de imágenes y evaluar cuál es el nivel de gravedad. Sugiere que nos vayamos a casa, porque no podremos verlo ni tendremos novedades hasta el día siguiente. Pero yo necesito quedarme, y pasar allí el resto de la noche. BB trata de convencerme de que me duche y descanse un rato en Belgrano R, pero me niego. Se despide con dos besos decepcionados y se va, y me quedo derrumbado en un sillón. Y pienso en toda la cadena de acontecimientos, y trato de encontrarle sus lógicas subterráneas, y más tarde en la sala de fumadores, siento que todos formamos parte de una gran tragedia y que avanzamos ciegamente hacia el ojo del huracán.

A las diez de la mañana, el mismo doctor —ojeroso y sin afeitarse—, me presenta a un cirujano. Cálgaris está mejor, pero urge llevarlo a quirófano: la bala maldita se alojó peligrosamente cerca del canal medular, a nivel de la columna dorsal. "Debido a la posibilidad de daño neurológico se requiere intervención", agrega con jerga médica. "¿Puede quedar parapléjico?", pregunto. No quiere anticipar el resultado, pero tampoco se toma el trabajo de negar esa chance; por lo tanto, la confirma. Le paso a la Señora 5 las novedades y por la tarde le doy una precisión: tiene quirófano mañana a las nueve, en el quinto piso. Ella me habla de unas escuchas telefónicas que abonan la tesis de la Casa, pero yo ya no puedo oírla. Maca me reemplaza unas horas mientras voy y vuelvo cambiado, y poco antes de la cena, me cuelo sin permiso en el área de Terapia y me asomo a su box: el coronel está en semipenumbra, asistido por distintas vías y con los ojos vacíos. Tuerce apenas la cabeza para mirarme desde muy lejos, y yo me acerco y le agarro la mano con fuerza. Está lívido y parece una momia. Sin ese destello maligno, su mirada y sus facciones resultan irreconocibles. Trago saliva, no me atrevo a enhebrar una frase. Y me retiro al rato, porque una mucama me lo solicita amablemente. Del quirófano lo llevarán directo a una habitación, y entonces podré estar con él todo el día. "¿Usted es su hermano?", me pregunta. "No, soy un hijo", le respondo. Y salgo a fumar y a dar vueltas y vueltas por el interior del edificio custodiado. A las nueve en punto empiezo a ponerme nervioso, y me siento en un banco de la capilla. Que tiene velas encendidas y luces tenues. La última vez que recé en una iglesia fue cuando andaba por los diez o doce años. Y, en realidad, ya no puedo recordar ninguna oración. Ni en Malvinas ni en la cárcel, ni en los funerales de mis más queridos camaradas, ni bajo la peor de las presiones caí en esa tentación, y sin embargo, aquí estoy, quebrado e indefenso, sintiendo vergüenza por esta flojera, que Cálgaris sancionaría con severo e irónico escepticismo. Hoy ese cinismo del coronel me parece una frívola vanidad personal, frente a una grandeza espiritual que reconozco y reclamo, sabiendo lúcidamente que no tenemos derecho a ella. La capilla. ¿Qué habrá querido decir Bublik?, me pregunto, y algo se me mueve en las entrañas. ¿Qué está haciendo Garmendia en estos días? ¿Qué pasará si una mañana de estas nos desayunamos con una catástrofe y una conmoción? ¿Por qué no podemos encontrarlo? ¿Se asustó y salió del país? Es un asunto pendiente que nos mantendría insomnes e hiperactivos si no fuera porque toda nuestra concentración está puesta ahora en la vida de Leandro Cálgaris, que pende de un hilo. Para colmo, la intervención dura más de lo previsto, y me muerdo las uñas esperando que el cirujano cruce la puerta de Terapia para darnos el parte médico. Cuando lo hace, siento que se me doblan las piernas. Está vestido de blanco y luce descontracturado, como si se hubiera tratado de un asunto rutinario y hasta insignificante. "Estaba muy cerca, pero salió todo bien; la decisión fue correcta, lo vamos a tener bajo observación, pero yo creo que se va a recuperar muy pronto". Le estrecho la mano y resoplo, y me siento en una butaca para recuperar aliento. Los familiares me sonríen y saludan con la cabeza, celebrando mi alivio. "Gracias a Dios", suspira la Señora 5 en el celular. El Salteño y yo hacemos, en el corredor, algo que no tiene antecedentes: nos abrazamos como si Puerto Argentino no hubiera caído ni los generales hubieran capitulado.

Colocan a Cálgaris en una sala de posoperatorio, y el médico clínico que lo atiende me baja a tierra: "El proyectil dejó lesiones, y vamos a ver cómo siguen, pero la evolución general es buena. Está fuera de peligro y posiblemente mañana lo traslademos a una habitación individual". Por fin me siento habilitado para volver a Belgrano y dormir una siesta de tres horas. Mientras me ducho siento que me duelen todos los huesos, y muy especialmente, aquella mordida entre el bíceps y el hombro. Me trago dos calmantes, y preparo un bolso con ropa y libros para instalar campamento. Al llegar a Terapia, me informan que el coronel ya tiene designado un cuarto especial, y que puedo quedarme a acompañarlo: hay un sillón para dormir. Cálgaris está más o menos lúcido y muy serio, rodeado de aparatos y monitores, pero con la televisión prendida. Apenas pestañea cuando percibe mi presencia. No me sale ninguna palabra, así que me quedo en silencio. Busco entre los canales alguna cadena internacional, y nos mantenemos horas en esa posición, solo interrumpida por enfermeras y mucamos que entran y salen. Mientras yo releo en francés otra biografía de Zweig, con mucha voluntad y con la ayuda del diccionario, y a modo siempre de homenaje, el coronel dormita y despierta, y vuelve a dormitar. A las cuatro de la mañana salgo al pasillo y me masajeo los riñones; paseo por ese piso de dramas y me acodo en la ventana a contemplar la ciudad dormida. Oigo que un kinesiólogo habla con una enfermera acerca de un paciente. Reconozco el nombre y el apellido, así que espero en la ventana hasta que el corredor vuelve a quedar vacío, y entonces me muevo unos metros hasta una habitación cerrada, abro con cuidado y advierto que el paciente entubado e inconsciente no cuenta ni siquiera con acompañante nocturno. Entro y cierro a mis espaldas, y me acerco para ratificar mi sospecha. El vejestorio, según escuché, lleva veinte días en coma tres y la enfermera está segura de que una infección intrahospitalaria lo mandará en breve a la morgue. Ya estaba arruinado cuando Cálgaris le pateó el andador y yo le hice una llave "mata león" que casi le provoca un síncope. Pero ahora es directamente una piltrafa, incluso una caricatura degradada de aquel geronte degradado. Leopoldo Braña. General del Proceso de Reorganización Nacional. Condenado por crímenes de lesa humanidad, con excepcional prisión domiciliaria. Ave de rapiña, verdugo del Ruso y de tantos otros. Genocida salvado por la larga mano de Sebastián Bonet, "el Wiesenthal latinoamericano" (*Le Monde*). Su esqueleto en el placard.

Lo dejo morir en soledad y arrimo la puerta, y me fumo un cigarrillo en la vereda con uno de los policías que le asignaron y que simula vigilarlo. Pero no hablamos de Braña sino de fútbol. Es también justicia divina que el vértice de este trío malogrado esté pronto a acompañar al infierno a su víctima y a su benefactor, y es justicia poética que lo haga a cuatro puertas de distancia de un testigo eterno de los múltiples camelos de la historia. Que los desprecia a todos por igual. Incluidos, por supuesto, él mismo y todos nosotros, y los que vendrán seguramente, en este continuo rodar de las desgracias, las estupideces de siempre con caras nuevas y las mentiras recicladas.

Después de las curaciones de la matina, le traen al coronel su primera comida consistente, y yo se la doy en la boca, porque está débil y molesto, obligado a posiciones incómodas, levemente inclinado hacia el lado derecho y con su brazo en cabestrillo. No sé cómo iniciar una conversación, ni me atrevo, así que pasamos dos días enteros e idénticos sin mayores sobresaltos. Cálgaris se siente dolorido y ultrajado, pero no se queja: mira documentales de animales peligrosos y tolera partidos de la Champions League. Maca me reemplaza al tercer día, y la Señora 5 lo visita esa misma tarde. Luego la psiquiatra me cuenta que Beatriz Belda le trajo flores y le habló con afecto y verborragia durante media hora, y que Cálgaris no le contestó nada. Empezamos a preguntarnos si el coronel perdió el habla junto con su autoestima, porque tampoco responde a los médicos que vienen a examinarlo ni a los enfermeros campechanos que le realizan las curaciones. Al cuarto día, Palma me llama y tengo que salir al pasillo para captar plenamente la información que me transmite de manera atropellada. Junto a la ventana, me comunico con el Salteño para que instruya al segundo jefe de nuestros custodios y luego con la secretaria de Cálgaris para que compre los pasajes aéreos, pero resulta que los vuelos están cancelados por mal tiempo. Le ordeno entonces que contacte a nuestro piloto y vea si podemos alquilar un Learjet 60 que hemos usado en otras oportunidades: haremos un vuelo ilegal, porque no tenemos alternativa, y llevaremos nuestro armamento pesado. A los quince minutos, la secretaria me confirma que es posible; el avión despega en dos horas desde un aeroclub del segundo cordón, y podemos previamente conseguir un helicóptero para acelerar el viaje. Le aclaro a Maca que debe acompañar al coronel y le explico al segundo jefe que me responderá con su vida. Más tarde ingreso en la habitación, armo mi bolso y le digo al oído una sola palabra. Y el fusilado por primera vez asiente. Es una palabra mágica: Garmendia.

Nuestro piloto tiene buen humor y es altamente experimentado. Estuvo tres años con prisión preventiva por una causa de narcotráfico, que Cálgaris finalmente le arregló en Comodoro Py; voló incontables veces fuera de las rutas aéreas convencionales, bajo el radar y a ras de tierra, y fue perseguido por otros aviones en la frontera con Brasil. Tiene más horas de vuelo que el piloto más legendario de Aerolíneas Argentinas, y se enfrentó a muchas tormentas. Pero esta insólita nevada de final de otoño es tan inesperada y violenta que le borra la sonrisa y lo mantiene adusto durante todo el trayecto: sacudidas, pozos de aire, estrépitos. Nosotros viajamos con los dientes apretados y el estómago revuelto. Olvidamos demasiado rápido los cursos de buzo táctico y de paracaidismo en los que efectuamos vuelos extremos y lanzamientos en mar y tierra. Nos estamos poniendo viejos. Al final, el Learjet aterriza en una pista escarchada y con poquísima visibilidad, dentro de una estancia. Nos encontramos de nuevo en la Patagonia, y nos espera un colaborador con una Land Rover para llevarnos hasta la ciudad: allí conseguiremos ropa de invierno. Ellos se quedan en una hostería; nosotros seguiremos viaje con la misma camioneta, confiando en las instrucciones precisas del GPS pero consultando por las dudas nuestro propio mapa.

Palma asegura que uno de sus hackers ("mi pollo", le dice) venía cruzando datos entre el sur y el "movimiento patriótico", a propósito de la información inconclusa de Bublik. Hizo una barrida completa, y detectó una extraña transferencia desde una cooperativa social, que maneja subsidios en el conurbano, hacia una inmobiliaria en un pueblo cordillerano al que se accede por ruta de montaña. Estuvimos observando en Google y en Youtube esa villa de escasos habitantes, rodeada de cumbres y de un bosque espeso e infinito. Un confín solitario, alejado de los centros turísticos, perfecto para hibernar y para llevar a cabo pruebas explosivas sin miradas inconvenientes o indiscretas.

El héroe de Goose Green maneja con gran pericia por esos caminos de Dios, y yo uso un móvil satelital para comunicarme con Palma, que está revisando desde su tablet las cabañas de alquiler más alejadas del pueblo, y ya tiene dos candidatas. Le pido que llame directamente a la inmobiliaria y trate de sonsacarles algo, pero que bajo ninguna circunstancia se le ocurra mencionar al Vasco; bastará con que hable de un amigo porteño, alguien que alquiló, quedó muy conforme y habla maravillas de esa zona recóndita, apenas conocida por aventureros, escaladores y ermitaños. Mientras avanzamos a velocidad regular notamos que no hay demasiada nieve acumulada y que los senderos no están todavía bloqueados. Pero hay mucho hielo y la carretera es resbaladiza, caen neviscas, hace un frío crudo y todo el paisaje parece envuelto en una especie de niebla gris.

Palma está eufórico: lo atendieron con amabilidad pueblerina y le contaron, sin empacho y tomándose todo el tiempo del mundo, que sus clientes abonaron tres meses por adelantado y que dos cuarentones de clase media se apersonaron hace unas semanas, firmaron in situ el contrato y recibieron la cabaña, con inventario incluido. Esperaban a varios amigos, todos de la escuela secundaria, para celebrar un aniversario, pasar unos días juntos, hacer excusiones por el bosque y desenchufarse un poco. Después varios de ellos se quedarían para trabajar en un proyecto, necesitaban aislarse: preguntaron si era posible encargar por teléfono las provisiones en el único supermercado de la zona. Los lugareños, más aburridos que ostras, vieron a dos forasteros comprando pertrechos en la proveeduría, y esta misma semana, también a un "gringo barbudo" que andaba en una Toyota. La cabaña se encuentra en la llamada "vuelta del Nani", que debe su nombre a un antiguo poblador. Un tardío inmigrante italiano, gran devoto de la Virgen de las Nieves, que quería levantar un hotel, un centro comercial y una iglesia. "Sacó un crédito y al poco tiempo se cagó muriendo de las coronarias —dice Palma imitando la voz de su confidente—. Los herederos son dos sobrinos que residen en Rawson: la tienen en venta desde hace mucho, pero la alquilan para pagar los gastos fijos. Queda en la loma del culo". Esa es exactamente la loma que elegiría Garmendia para sus "retiros espirituales".

Salimos por fin a la ruta de montaña, y comprobamos que es angosta y peligrosa, y que a nuestra izquierda se abren valles, precipicios y cañadones. El sitio entero es igual a todos y a la vez es distinto, suena familiar y al mismo tiempo imposible, como si fuera una mezcla de ficción y realidad. No nos cruzamos con ningún ser viviente, ni siquiera con aves de cordillera. Vamos ondulando por esas paredes de roca prehistórica y aproximándonos al objetivo, según el mapa y las referencias. Saco los prismáticos e intento anticiparme para poder dejar la Land Rover escondida y acercarnos a pie, pero no consigo divisar ninguna construcción humana. Súbitamente, el Salteño me codea y me señala una sombra. Me admiro de sus ojos de águila. Cuando clavo en ese punto los binoculares, resulta que es una casa con chimenea, y que está semioculta por un grupo de árboles. El Salteño sugiere un pequeño desvío, un rodeo por el bosque y una caminata de trescientos metros hasta la cabaña. Es una buena estrategia. Estacionamos, nos ponemos los chalecos antibalas y los pasamontañas, y preparamos nuestros Kalashnicov. El viento helado y húmedo nos atraviesa en esa marcha, que por accidentes topográficos se nos hace más larga de lo previsto. Nos guarecemos en la espesura un rato, y controlamos con los prismáticos la cabaña desde diferentes ángulos. La Toyota está en el frente; los ventanales empañados y la chimenea, a todo vapor. Detrás hay leña recién cortada, y una puerta que parece accesible. Nos acercamos sin pisar una sola hoja, y el héroe de Goose Green prueba el picaporte. No puedo verle la cara, pero imagino que sonríe: está abierta. Ingresamos en ese ambiente cálido, con paredes de piedra y pisos y techos de madera, y avanzamos por un pasillo corto, con habitaciones a cada lado: comprobamos una tras otra que están vacías, y al llegar al salón principal comenzamos a asimilar el hecho desmoralizante de que la cabaña se encuentra habitada y en funciones, pero sin ocupantes a la vista. ¿Cuántos son y adónde fueron? No muy lejos sin la Toyota, salvo que dispongan además de otro vehículo. ¿Y dejaron las cortinas descorridas y la puerta sin llave? Sugestivo. Nos quitamos los pasamontañas y nos calentamos las manos: tuvimos que hacer esas maniobras sin guantes, con el dedo celoso en el gatillo, y las tenemos moradas. Después el Salteño inspecciona la cocina mientras yo hago una recorrida por el salón y me detengo en la mesa, donde hay planos, anotaciones y cálculos. Y cigarrillos aplastados en un cenicero enorme, y una copa y una botella de coñac. Mi compañero sale de la cocina con una bolsita de polvo blanco y la agita para que yo la vea, pero hacemos silencio absoluto. Es una cabaña austera con techo a dos aguas y muebles rústicos. Las piezas son amplias, y las camas están sin hacer, con los colchones pelados. Solo las más próximas al salón tienen frazadas y colcha, y vestigios de desorden. Reviso las mesitas de luz y los cajones de ropa, y no encuentro nada extraordinario. Pero el Salteño me interrumpe con un hallazgo: estaba en el viejo aparador de la vajilla, escondido detrás de los platos hondos. Se me acelera el pulso. Es un cuaderno de cien hojas cuadriculadas y tapas duras, y un largo escrito fechado escrupulosamente y con una caligrafía apretada pero legible. Leo a los saltos los renglones finales, y le explico a mi camarada que hay más planos en algún otro lugar. Se aboca a la tarea de localizarlos como si se tratara de la búsqueda del tesoro, y yo me retraso en la pared del corredor, donde hay un conjunto de ocho fotos y un texto de tres páginas con la historia: la cabaña vista desde la ruta, el rostro sonriente de Nani y también la imagen desvaída de sus padres piamonteses, un cóndor en pleno vuelo, el bosque florecido en primavera, una mujer hermosa de la década del 50, un ciervo andino que reposa en el monte, y una capilla.

El texto narra las frondosas peripecias de Nani, que era viudo doliente y un ebanista consumado, y que al principio intentó levantar a cuatrocientos metros una segunda vivienda para eventuales caseros. Pero que luego, cuando entrevió su proyecto completo, se dio cuenta de que ese era el sitio ideal para una iglesia. Procedió entonces a su transformación: la pintó de blanco y estuvo dos años moldeando la cruz, un púlpito modesto, tres bancas, y poco más, porque murió en esas artesanías. La capilla quedó a medio hacer, clausurada, y no puede ser visitada por nadie, pero muestra el espíritu emprendedor de Nani y su fe y veneración por la Virgen de los montañistas: planeaba encargar en Buenos Aires una gran imagen en yeso para colocarla junto al altar. Le gustaba decir que iba a ser la capilla más chica del mundo, pero que sobre ella se edificaría algún día un templo mayor.

El Salteño no encontró todavía los planos ocultos, pero se topó con la ferretería en un ropero: dos armas largas y tres cortas, y una colección de cuchillos de comando dentro de un maletín. Dejo mi Kalashnicov y le informo que voy a subir hasta la capilla mientras vuelvo a ponerme el pasamontañas. Si regresan, deberá avisarme por *walkie talkie*; no tardaría ni tres minutos en bajar por esa pendiente. Nos prometemos andar con mucho cuidado. No son profesionales, pero tiran a matar. Desenfundo la Glock y salgo al frío y a la lluvia helada, y trepo por esa ladera enmarañada y sombría. Solo se escucha el viento patagónico, que dobla las ramas y castiga los ojos. Por tramos, la vegetación es tan cerrada que parece de noche. La capilla surge de ella, pero me resulta casi irreconocible. Está despintada y percudida, con el techo en ruinas y sellada con cadenas. Pienso en Bublik, me lo imagino en esos lares, y la rodeo con prudencia mirando el moho y la invasión de la maleza, y al girar me sorprende un depósito aledaño, pegado a la pared y casi al nivel del suelo, una especie de dependencia subterránea que tiene una puerta sin candado. Tiro con cuidado de ella y prendo la linterna, y bajo los cinco escalones. ¿Otra vez un sótano? Como sea, en este nicho no hay mucho que explorar, porque todo es inmediato y queda a la vista: panes de trotyl de doscientos gramos y de un kilo, con sus respectivos detonadores eléctricos; diez paquetes de C4, un explosivo plástico muy difícil de conseguir en el mercado negro, y además media tonelada de nitrato de amonio en grandes bolsas de arpillera. También veinte fusiles de asalto AK 74 y tres docenas de pistolas Taurus de 9 milímetros. El polvorín de los idealistas.

Mi homenaje al Ruso, que me dejó la última pista cuando lo llevaban al muere, y que fue torturado y ejecutado en juicio revolucionario pero en el cumplimiento de su deber. Me quito el pasamontañas y pienso en la lógica del *catch*. El *catch* de la política argentina. Juegan irresponsablemente con la ficción, y algunos la procesan como realidad, y resulta que un día un luchador de mentira le quiebra en serio el espinazo a su contendiente. Y es entonces cuando todos tomamos dramática conciencia de que la farsa histórica ha vuelto a su estado original: la tragedia. Pero ya es tarde para lágrimas.

Unos peldaños ascienden al interior de la capilla. Los subo sin muchas expectativas, pero me llevo otra gran sorpresa: dos reflectores iluminan ese templo polvoriento y hay cinco o seis rollos de planos arquitectónicos sobre el altar. Es en ese instante crucial en el que me inmovilizan desde atrás, y me apoyan el filo de un puñal en el cuello. Pueden, en esa posición, directamente degollarme con un corte limpio, pero una voz en mi oído me tranquiliza: "Soltá el fierro. ¡Soltalo!". Es una voz conocida. Dejo caer la Glock porque de todas maneras el tipo me está atenazando la muñeca, y con una fuerza notable. Garmendia, como corresponde, es zurdo; me madrugó, sabe lo que hace y mi vida no vale dos pesos.

Pero enseguida comete el primer error: patea la pistola y afloja inconscientemente la presión, y eso me permite zafarme y agarrarle la mano del cuchillo y apartar la hoja afilada, y retorcerle el brazo, meterle el hombro y cargar su cuerpo sobre mi espalda, y catapultarlo hacia adelante. Cae pesadamente, pero se revuelve con una increíble velocidad y me hace frente con su mirada encendida y su puñal de comando. Lleva la cara cubierta por una barba tupida que le oculta las facciones, y también un gorro de lana, y aguanta el frío con una tricota verde y una campera de plumas. Los dos estamos demasiado arropados para una pelea de estas características, pero ese empate beneficia siempre al desarmado, porque para defenderse puede sacrificar el antebrazo en una media guardia y mitigar con la triple manga al menos algunos cortes. El Vasco mide la situación sin decidirse, y yo trato de manejar la distancia, que es el gran truco de esta esgrima. Sé que intentará buscarme las zonas vitales para resolver el conflicto de manera rápida, y querrá ganarme el costado y apuñalarme los riñones, pero se va en amagues, y yo no perdono esa tardanza: le pego un manotazo a la zurda y le meto los dedos en los ojos. Pero Garmendia aguanta el cuchillo, se desprende y se rehace, y me tira una puñalada alta y otra más. Siento que la hoja me rasga pero no me lastima, y él trata de bailar como un boxeador, con la vista un tanto nublada, tocándose la nariz con el tic de esnifar, como si tuviera restos de cocaína en las fosas nasales o instintivamente la invocara. Es una danza muda entre dos duelistas parejos y vuelvo a acusar esa vieja sensación: nadie se siente tan vivo como cuando está a punto de morir.

El Vasco lanza hachazos, que yo esquivo o desvío, y en un momento dado le ofrezco interesadamente el pecho, y él cae en la trampa y me lo acuchilla. Pero sin efecto, porque llevo el chaleco antibalas y la punta no penetra. Es entonces cuando le atrapo la mano armada y cargo ladeado contra su torso como si intentara romper una puerta y lo empujo contra una viga de madera. Oigo un gemido y tracciono de ese mismo brazo y se lo doblo hasta casi luxarle el hombro; Garmendia suelta su puñal porque no resiste el dolor. Pero para mi asombro, que hoy no tiene límites, me aplica una patada de karate o de taekwondo y me hace trastabillar, se deshace de mi pinza y se impulsa desde la viga para arrastrarme contra los bancos. Uno de ellos se quiebra bajo nuestro peso. Estamos agarrados, como en lucha grecorromana, y rodamos por el piso buscando la mínima ocasión de noquearnos. Pero no conseguimos más que gruñirnos y perder energías en esa pulseada de osos. Vislumbro que mi gran oportunidad consiste en recuperar la vertical y obligarlo a una contienda de puños. Pero Garmendia parece entender que no debe entrarle a ese trapo. Me cabecea la frente y logra poner una rodilla en tierra; yo intento desesperadamente reenfocarme y salir, y al final consigo sacar un golpe con el canto de la mano que le roza la carótida. El Vasco queda blando por unos segundos, y yo le cuelo un borceguí en el plexo solar, lo aparto y trato de ponerme de pie. Garmendia, en lugar de volver a trabarme, retrocede hasta un candelabro altísimo y, como un hombre de las cavernas, me asesta un terrible garrotazo. Lo recibo en la zona de la mordida y me hace ver las estrellas. El garrotazo tuvo tanta fuerza que me bamboleo como un zombi y derribo el altar, y levanto una enorme polvareda. Ahora somos dos animales en una nube de polvo. Me incorporo, agarrándome el brazo doblemente herido, y veo que mi enemigo vuelve a la carga. Me muevo justo a tiempo: el candelabro pega cerca y hace estropicios, y yo no puedo aprovechar su mala posición, porque sé con la lucidez del miedo que debo a toda costa salir de su área de ataque y que la prioridad consiste en librarme de mi pesado abrigo. Reculo dos metros quitándome torpemente el camperón aislante, y advierto que sigo en inferioridad de condiciones, porque la lesión me condena a boxear con una sola mano, aunque por suerte es la diestra. Garmendia sigue enamorado del candelabro, y en un santiamén se me viene encima, como un caballero de brillante armadura usando su larga lanza. Con un quiebre de cintura lo eludo y le alcanzo por fin el mentón. No es mi mejor cross pero noto que está resentido, y debo a sacar tajada. Pruebo un jab y me duelen todos los nudillos: ahora sé positivamente que el Vasco está tocado y que debo rematarlo sin pérdida de tiempo. Doy dos pasos hacia adelante y le meto tres puñetazos rápidos en la barriga y en el hígado, y cuando se desequilibra, me pongo de perfil, levanto la rodilla, inclino el cuerpo hacia atrás y le sacudo una patada contundente que le da de lleno en el costillar, lo empuja y lo derriba. Busco la Glock, sepultada entre maderas, escombros y aserrín. Tiro de la corredera y le apunto a la cabeza.

Cálgaris ha mejorado tanto en los últimos tres días que hasta se permite el lujo de abominar del café de la merienda. Sus secretarias deberán conseguirle con urgencia una máquina expreso a riesgo de ser despedidas, y siente deseos de fumarse una pipa. Su recuperación no deja de ser incómoda y dolorosa, pero adivino que experimenta algo así como la oscura alegría del sobreviviente. Que no se trasluce ni en el tono ni en la mirada, pero sí en las esporádicas frases que articula. Acaba de escuchar mi reporte de los hechos, y también las indagaciones de las últimas horas: ya sabemos que el nitrato de amonio, que se usa en minería y agricultura, proviene de un puerto patagónico controlado por los Dragones; los explosivos plásticos posiblemente hayan sido comprados al

PCC en Paraguay. El coronel sacude levemente la cabeza, procesando sin sobresaltos las novedades. Más tarde suspira, y sugiere su estrategia de las dos opciones. "La va a sacar barata", me opongo. "No importa, todo esto nos salió demasiado caro", me responde. No deja espacio para una disidencia; se hará su voluntad. Le pregunto si necesita algo más. "Que no metas la pata", dice, y cierra los ojos para dormir o para que me retire y lo deje en paz. Hablo con el médico de guardia antes de irme: "Es más fuerte de lo que parece y tuvo un Dios aparte", sintetiza. Un Dios aparte.

En la base Chacabuco chequeo el material que pedí y ordeno que saquen a Garmendia de la celda y lo lleven a la sala de interrogatorios. Maca observará el espectáculo detrás del vidrio, y antes de que yo entre al ruedo me da su diagnóstico: "Está profundamente herido en su orgullo. Le pasaría a cualquiera, pero este narcisista en particular tiene un sentido desmesurado de su propia importancia y una necesidad patológica de admiración. Se le acaban de caer las Torres Gemelas sobre la cabeza, y atravesó en pocas horas todas las fases del duelo. Me avisó el Salteño que no dijo una palabra desde que le pusieron las esposas, y el guardia comenta que lo escuchó llorar de noche en el calabozo, pero nada más. Astrológicamente está muy mal aspectado. Ya sé, ya sé que eso no te interesa. Pero te digo algo, Remil. Tiene más miedo de perder su halo heroico que cualquier otra cosa". Reconozco el buen juicio de Maca y tomo nota mental.

Cuando ingreso en la sala, cargado de carpetas, el Vasco ni siquiera levanta la vista. De nuestra pelea no le queda más que un pequeño hematoma en el pómulo y tres costillas fisuradas. Sigue con su tricota verde y con su barba crecida. No parece Garmendia. Ocupo mi silla, acomodo las carpetas y abro el cuaderno de hojas cuadriculadas. Es el diario de un revolucionario, lleno de consideraciones ideológicas, apuntes cotidianos, discusiones internas y una crónica que omite algunas de sus hazañas. "Te faltó al menos un capítulo", le recrimino, y pongo sobre la mesa una foto que le tomamos a Bublik en su tumba de cal viva, con aquella nariz rota y aquellas manos ensangrentadas. Garmendia no aparta los ojos, pero tampoco despega los labios. Le leo pacientemente las últimas veinte páginas, dedicadas a los diferentes "objetivos" que se estaban evaluando. Cualquiera de ellos habría causado un sacudón internacional y al menos cuatro de esas alternativas habrían provocado, como daño directo o colateral, entre treinta y ochenta muertos. El revolucionario no descartaba atentados múltiples y simultáneos, pero prefería un solo golpe con alto nivel simbólico. Un mensaje para desestabilizar al enemigo, concientizar al pueblo y encender la rebelión. Cierro el cuaderno y lo alineo con la última imagen de Bublik. Luego desparramo a su alrededor las fotos del polvorín de la capilla y leo en voz alta el informe preliminar sobre los vendedores del nitrato de amonio, los explosivos plásticos y las armas más modernas. Cuando le nombro el norte del Valle del Cauca y el Primeiro Comando da Capital apenas parpadea. Finalmente saco un paquete de cigarrillos y le ofrezco uno. Garmendia cobra vida y lo acepta, y yo me paro para darle fuego con mi encendedor. Me quedo de pie, acodado contra el cristal espejado. Y entonces le digo, para joderlo: "Ese diario personal no solo te vende como un psicópata; te hace quedar además como un boludo". Lo creo sinceramente, y él no acepta ni niega esa humillación; fuma mirando un punto fijo imaginario.

Me duele el brazo doblemente herido y hace tres noches que no duermo, salvo aquella rara siesta en el sillón de mi despacho: soñé que el Vasco escapaba de la capilla y alcanzaba la Toyota, y que yo lo perseguía con la Land Rover por la ruta de montaña, y lo perdía en una niebla densa. Y que al salir de ella, ya no lo veía por ninguna parte. El sueño era tan vívido que me rechinaban los dientes. Al regresar por donde había venido, me encontraba con el guardarraíl destrozado, me detenía y me asomaba al abismo y veía la Toyota destruida e incendiada en el fondo del cañadón. Es evidente que yo hubiera preferido ese desenlace, y no este penoso papel que el coronel me ordena cumplir. "Perdiste —le digo para borrar los malos pensamientos y concentrarme en esa partida—. Estuvo bien jugar a la resistencia y a la conspiración, pero no es tan agradable jugar al terrorista inepto y abominable, ni al preso repudiado y eterno. Vas a ser la mancha venenosa y no te van a defender ni tus parientes".

Vuelvo a sentarme y a consultar su expediente interno. Hay entre nosotros un silencio sacramental. "Podemos hacerlo de dos maneras, Vasco —le informo—. Te embarramos o te fletamos". Por primera vez Garmendia me mira de frente. "No te miento —puntualizo—. Preferiríamos no cagarle la sotana a Su Santidad, pero a esta altura ya nos importa un pomo. Porque lo que perdemos por un lado, lo ganamos por el otro. No sé si me entendés". Tarda un rato en digerir el asunto, pero sé que me entiende perfectamente. Recojo las fotos y el cuaderno, y le anticipo que tiene una hora para darme una respuesta. Pasado ese límite, llamaremos a un juez amigo de la Casita y dispondremos los simulacros y los allanamientos que correspondan para que sea una causa modelo, y todos nos ganemos un ascenso o al menos una medalla. No llego a la puerta. "¿Cómo sería?", oigo que pregunta con voz neutra.

A partir de ese punto de inflexión un vértigo se apodera de los acontecimientos, porque todo el equipo converge en una sola meta: que Garmendia abandone el país en 48 horas de la manera más ordenada y discreta posible. Le permitimos que se bañe y se afeite, y luego pegamos en un tablero de corcho el organigrama completo del "movimiento patriótico"; traemos a nuestro abogado interno y dos contadoras, y en la sala de situación debatimos las alternativas. El Vasco tiene firma para algunos trámites, y por lo tanto debe armar autorizaciones para segundos y terceros. Palma aporta el exilio dorado: una universidad de México en asociación con una ONG le había ofrecido una beca para estudiar el fenómeno zapatista, y un contrato para dictar en el DF dos seminarios sobre la historia de los levantamientos populares en América Latina. Garmendia no había declinado la invitación, la mantenía abierta para lo que finalmente servirá: una vía de escape. Teclea nervioso la mesa, con raptos de angustia y de abatimiento, pero ya sin rabia ni grandilocuencia, con un pragmatismo apenado que le desconocemos. Manifiesta, mesurado y opaco, la necesidad de darle una explicación a la militancia: acordamos los términos, y lo filmamos. Un paso atrás para dar dos pasos adelante, compañeros; estudiar para comprender profundamente la revolución en el siglo XXI, y no fallar en nuestro cometido. Hasta la victoria siempre.

Permitimos que demore la salida otras 48 horas, porque no es fácil cerrar tantas ventanas. Garmendia duerme en su casa, pero estrictamente vigilado, y el Salteño lo acompaña en todos los quehaceres y papeleríos. Y Palma graba su reunión clandestina con el núcleo revolucionario. El Vasco tiene orden de explicarles a esos trastornados una versión maquillada de la verdad: descubrieron parte del polvorín y hay que salir de circulación, porque pueden llegar hasta ellos de un momento a otro. Lo más efectivo es replegarse hacia los barrios y esperar una mejor oportunidad. Garmendia cumple, y sus discípulos acatan, pero el diálogo incluye sospechas sobre el suicidio probado del estudiante crónico y también sobre la muerte en tiroteo de aquel lúmpen. El amado líder les mete pánico, les ordena quedarse en el molde, y les avisa que cada uno de esos apóstoles está fichado.

El último día en Buenos Aires aparece recargado de citas con bancos y escribanías, y de llamadas prácticas. Al atardecer, con las valijas hechas, Garmendia me pide asistir a una misa que oficia Sánchez Arminio. Sospecho que quiere despedirse en persona de su mentor, y lo acompaño para no dejarlo a sol ni a sombra, y para ver lo que pasa. Es una misa especial, y el obispo no se priva de incluir en su sermón una comparación ominosa con la Revolución Libertadora, ni de denunciar la persecución de "compañeros injustamente procesados por el neoliberalismo". En primera fila se destacan las dos viudas de Bonet, que yo daba por ateas: la religión es el opio de los pueblos. En segunda y en tercera fila, se sientan sindicalistas millonarios, potentados peronistas bajo sospecha judicial, piqueteros, tirapiedras, diputados venales y gallitos de la granja progre. A todos bendice monseñor. Y al momento de repartir la comunión, casi todos se presentan ante su cáliz, incluso las hermanitas Fabrisi, que regresan tragando beatíficamente el cuerpo de Cristo y me descubren junto a un confesionario. Nos miramos unos segundos los tres. Alabado sea el Señor. Que obró tantos milagros con ellas: se traicionaron mutuamente, intentaron asesinarse, se enemistaron, enviudaron y volvieron a ser socias y amigas; dedicaron dos décadas de sus vidas a luchar por la transparencia pública y ahora hacen causa común con corruptos de toda laya. No juzgo a nadie, ya saben: soy apenas un soldado. Pero me sorprende esa necesidad imperiosa de abrazar algún credo que siempre tiene la izquierda caviar, por el que son capaces de borrar lo que haga falta; por ejemplo, la memoria y los escrúpulos. Las viudas de Bonet me saludan con un gesto, se arrodillan y le rezan a su nuevo dios.

Cuando la ceremonia culmina, el obispo saluda a las figuras más prominentes, que por poco le besan el anillo. Garmendia es el último, y lo abraza y le susurra tres o cuatro líneas; Sánchez Arminio queda demudado, pero mecánicamente le aprieta la mano y le desea buen viaje. Lo veo hacer mutis por el foro: va encorvado y ceñudo, y blanco como un papel, seguido por un monaguillo obsequioso.

Camino a Ezeiza, el Vasco y yo ni siquiera intentamos dirigirnos la palabra. Los dos estamos decepcionados: él hubiera preferido pasar a la historia, yo habría querido con toda mi alma pegarle un balazo en aquella capilla. Somos dos hombres llenos de rabia interna, pero dispuestos por conveniencia a realizar civilizadamente el último acto de la obra. Tomamos un café, cara a cara, en un bar del aeropuerto, y después lo acompaño hasta la mismísima puerta de embarque. Antes de entregar su pasaje y su pasaporte, gira hacia mí, y se despide con una sonrisa: "Vamos a volver".

El padre Pablo me cita en un estanque mitológico flanqueado por hileras de árboles y habitado por patos y peces oscuros. Bosqueja en su libreta la figura de Polifemo y toma notas sobre Galatea, sentado a la sombra y en camisa arremangada. París es una siesta, y están llenos de extranjeros y locales los jardines de Luxemburgo. Conmigo no puede departir sobre arte ni cosa que se le parezca, así que me saluda cortésmente y me invita a acomodarme en una silla de metal salpicada por mierda reseca de paloma. A nuestro alrededor, los turistas hacen picnic o descansan, y hablan lánguidamente en distintos idiomas. El sacerdote cierra su libreta y me pregunta por la salud de Leandro Cálgaris. Le relato la operación quirúrgica y la evolución clínica, pero evito extenderme en algo que ya debe conocer de sobra: cómo fue el ataque. No se publicó ni un recuadro en la prensa, pero las malas noticias viajan más rápido que las buenas. Y la Iglesia está en todos lados y escucha los secretos de chisme y confesión, principalmente aquellos que atañen al poder. Pablo junta las manos, como si agradeciera a Dios, y luego las deja caer sobre sus piernas cruzadas. Tampoco me pregunta por las hipótesis que manejan los investigadores, como si no quisiera escucharlas, como si le dañaran el tímpano. Nuestra conversación, por lo tanto, será esta tarde muy limitada.

—Cálgaris me pidió que le entregara en persona esta carta —digo, sin dilaciones, y le paso un sobre cerrado, que él toma con rapidez inusual y esconde en su libreta.

—Mejor caminemos —dice entonces.

Caminamos por el parque y bajo un sol penetrante que me hace sudar la gota gorda y lo obliga al sacerdote a usar su sombrero panamá. Es una semana muy calurosa, pero nadie parece sentirse precisamente agobiado por ella. En la zona de los ajedrecistas, Pablo abre su libreta y rasga el sobre, y despliega la fotocopia color de doble faz.

—No comprendo —murmura después de pegarle una leída, y levanta los ojos en busca de auxilio.

—Donaciones millonarias para cooperativas sociales —le explico—. Pero lo más interesante es que los aportantes son dos fundaciones, una alemana y otra norteamericana, que operan a través de un banco en Bilbao. Nada ilegal. Solo que son dos fundaciones ligadas a la Iglesia, especialmente a los sectores ultraconservadores.

—¿Y eso qué significa?

—Que Garmendia estaba financiando su operación militar con fondos donados por los enemigos internos del Papa.

Suena una salva de aplausos, porque tres observadores premian un jaque mate, y Pablo se sobresalta.

—Sigo sin entender —susurra, pero sé que no es cierto.

—Busquemos otras sillas —le propongo.

Ahora es el sacerdote el que me sigue hasta un jardín lateral y más apartado. Solo nos rodean, y a cierta distancia, lectores solitarios y parejas acarameladas. Pablo ha perdido nuevamente su aire seguro y distante. Ocupamos otras dos sillas de acero pintadas de verde, y les damos la espalda a las rejas, la calle y los curiosos. El sol nos ciega. Hablo por boca del coronel, y lo hago con los ojos semicerrados detrás de las gafas oscuras:

—Cálgaris cree que todo esto empezó cuando Sánchez Arminio se entregó en Santa Marta y cambió de camiseta. Al tiempo fue llamado a Berlín o a Nueva York por amigos de sus antiguos aliados: gente muy poderosa y muy enojada con Bergoglio. Monseñor, que quiere quedar bien con Dios y con el diablo, les debe de haber explicado lo que usted ya nos advirtió el primer día, Pablo. El talón de Aquiles de Francisco está en la Argentina, y es su peligrosa predilección por los marginales, por los impresentables y por esos sospechosos que recibe y alienta, y a quienes les regala sus rosarios bendecidos. Todo pecador es aceptado y redimido si ayuda a combatir el capital y el dinero, que es el estiércol de Satán.

—Construir desde los márgenes —repite Pablo, acariciándose la barba.

—Es probable que Sánchez Arminio haya sugerido a los conjurados elegir al más *border* y al más sacado, y apostar fuerte por él. No había demasiados riesgos y ningún apuro. Garmendia era un exguerrillero, pero transformado en un referente social, y se lo podía incluso llevar a Roma. Como se lo llevó. A fin de cuentas, se trataba de una acción de caridad y de ciertas afinidades ideológicas. Algo irreprochable. Salvo que monseñor sabía lo fundamental: el Vasco, recargado y mal del tanque, era una bomba de tiempo, y además se le podía picar el seso. Siempre a la manera de ustedes, que hablan con ambigüedades, doble sentido y palabras a medias.

—Tarde o temprano la inversión iba a dar sus frutos.

—Había canilla libre, por eso se expandió tanto el "movimiento patriótico", pero el Vasco se reservaba una parte para levantar a las masas. Y el obispo, sin entrar en detalles, lo animaba por lo bajo: un gobierno insensible estaba hambreando al pueblo.

—Pero eso es una locura —reacciona—. Nada más lejos de nosotros que la violencia.

—El Vasco creyó, como siempre, lo que quería creer. —Ofrezco un cigarrillo, pero el salesiano ni siquiera se da cuenta—. El obispo lo acompañaba en el sentimiento, y se sobreentendía que lo estaba haciendo en nombre del Santo Padre. Garmendia hablaba de un llamado de atención que iba a hacer mucho ruido. Pero monseñor sabía que se mandaría un moco del tamaño del Obelisco.

—En ese caso, él también habría quedado comprometido.

—¿Por qué? En la pira de la Inquisición, monseñor diría que él solo consiguió fondos para paliar la pobreza, y que Garmendia los malversó, y que jamás le compartió el desatino que iba a cometer. Lo cual, bien visto, esto último tampoco habría sido del todo falso, aunque Sánchez en privado lo fogoneaba. Como pasó tantas veces, ¿no? Toda revolución que se precie necesita un cura.

—Un complot interno —dice, probando el sabor de ese bocado.

—Y un doble agente, como diríamos en nuestro oficio.

Pablo se quita el panamá y se abanica la cara, que está congestionada, no se sabe si por el calor o por las revelaciones.

—Pero fuera de la ruta del dinero, todo lo demás son conjeturas —lo prevengo—. El coronel sabe que no hay pruebas, aunque le parece que el Vaticano debería tirar del hilo. De todos modos, es un tema que está muy por encima de nuestras posibilidades.

Fumo un cigarrillo entero y prendo otro más, y limpio mis gafas con un pañuelo. Y durante todo ese tiempo el salesiano no se mueve, ni profiere una sílaba; parece una escultura de Bourdelle.

—Si así fuera, tampoco podría extrañarnos —sentencia finalmente, con flema vaticana.

—Y a propósito, el coronel considera que con esto el contrato queda saldado. Pero yo pienso, a título personal, que alguien tiene que pagar por lo que pasó.

Me incorporo, coloco un pie en la silla y me ato el cordón del zapato. Pablo me mira de soslayo, nuevamente bajo el ala de su sombrero. "¿Y qué pasó?", quiere preguntar. Pero no se atreve.

—Usted se fue de boca, padre —le digo—. Y alguien desde París le avisó a Garmendia que tenía un infiltrado.

En estos minutos el sol aflojó un poco la presión, pero la tarde sigue siendo un caldo. No hay más que decirnos, así que encaro las rejas y salgo a la calle, y camino varias cuadras hasta una cerveza fría. Desde allí veo que un croto, indiferente a la marea humana y al ruido de los coches, lee una novela de Simenon. Los cirujas de París leen novelas. Los envidio con tristeza: dejé en el hotel la biografía de Zweig; no tengo cabeza para ningún libro. Me revuelve el estómago un gran malestar íntimo, y no logro discernir su verdadera razón. O no quiero hacerlo. Sigo viaje por el boulevard Saint-Michel, sin apuro, distraído con la arquitectura y las marcas, y me detengo en medio del puente a ver la flora y la fauna del Sena. Todo es alegría y bullicio, como si se tratara de un feliz parque de atracciones, y el contraste con mi estado de ánimo se hace entonces más marcado y doloroso. Es la hora en que los parisinos regresan a casa con sus baguettes bajo el brazo. La segunda y la tercera cerveza me las tomo en dos barcitos de Le Marais; la cuarta frente al Centro Pompidou, donde hago base con una hamburguesa. Más adelante, un mendigo lee un ensayo en una escalinata de una iglesia, y yo intento seguir las placas que honran a los que dieron la vida por la France; también a los que fueron arrancados de sus casas por los nazis. Había dos destinos posibles: el exilio o los campos de concentración. La ciudad es un plano de muertes y deportaciones.

Tarda muchísimo en hacerse de noche, y cuando finalmente eso ocurre, la oscuridad me sorprende en el boulevard Voltaire.

Sé varias cosas: mañana tengo que estar temprano en el Charles De Gaulle, y más allá de rencores y bravatas, no debo meterme en dificultades de ningún tipo. Pero sigo con este revoltijo y llevo la sangre caliente, y la combinación entre el alcohol y la larga caminata no hizo mella. Al contrario, equilibró los tantos y guía mis pasos irresistiblemente hacia esta callecita lateral. Pasadas las nueve, el gimnasio se va vaciando, el coreano despide con bromas a los últimos clientes y comienza a apagar las luces del fondo. Empujo la puerta de vidrio y me acerco con una sonrisa inocente, que el coreano me devuelve con un gentil saludo en francés. No me reconoce, y es ley que no hay nada más certero que sorprender a un karateca despreocupado con los cinco golpes básicos del boxeo sucio. Le disparo a traición únicamente tres rápidos, pero se le aflojan las piernas como al centauro moribundo. Lo acomodo detrás del mostrador y subo la escalera empinada. El salón de prácticas y el área administrativa están cerradas y a oscuras, pero hay luz bajo la puerta del departamento privado. Presiono el picaporte y entro sigilosamente a un ambiente con living y dormitorio, que tiene una pequeña cocina y un baño ocupado. Sobre la cama hay una cartera y un bolso abierto, y muy cerca una valija. Madame Coletti, sin maquillajes ni arrugas, vestida con blusa y pantalón, surge del baño desatenta, y se queda paralizada.

—¿Te vas de viaje? —la saludo, y muevo la cabeza—. Qué cosa ese cura. A lo mejor hasta está enamorado de vos.

—¿Qué es esto? —responde controlada, pero como si escupiera—. ¿Un ajuste de cuentas?

—Cuando Pablo volvió de Buenos Aires te le fuiste al humo, ¿no?

—Por supuesto —dice con sus labios finos y cortantes—. ¿Cuál es el reclamo?

—La cosa se está poniendo muy fea, te habrá dicho. Tienen un tipo adentro y les confirma que está en marcha una operación militar. Pero Garmendia es incontrolable y al final no sé si se podrá eludir un derramamiento de sangre. Para evitar males mayores, claro.

Ahora sonríe levemente y se cruza de brazos:

—Pablo jamás usaría esos términos ni sería tan burdo.

—Pero te lo dio a entender.

—Yo supe leerlo entre líneas —concede, de nuevo muy seria—. En ese país "suicidan" a fiscales. ¿Por qué no podrían "suicidar" a un pobre diablo, a un cocainómano?

—No creas que no se nos ocurrió —le digo, mirando su lunar—. Y vos no podías dormir...

—No, a ese vasco pelotudo le debo la vida.

—Lo llamaste, pero la verdad es que no sé cómo lo hiciste —reflexiono—. Porque lo teníamos recontra pinchado.

—Siempre hubo un primo lejano con un teléfono fijo para estas emergencias. —Se alza de hombros—. Costumbre setentistas.

—Le batiste que tenía un buchón —le digo, y algo en mis ojos le encienden los suyos.

—Me pareció que eso implicaba abortar toda la operación —se defiende—. Actué por lealtad, pero también con esa lógica.

—Pero te equivocaste fiero.

—Le imploré que se saliera, fue un griterío. Y me mandó al carajo.

Me siento en la cama, me inclino hacia adelante y pongo los codos sobre los muslos. De repente estoy muy cansado, como si no hubieran sido cuatro cervezas sino veinte, y como si hubiera caminado hasta Versalles.

—Firmaste una sentencia de muerte —le digo.

No sé cómo hace, pero se mueve a una velocidad sobrehumana, y me patea el cráneo. Pocas veces en mi vida me han dado un golpe tan sorpresivo, potente y ruidoso. Giro hacia la izquierda involuntariamente, por efecto del topetazo, y todavía la Tana me alcanza con una segunda patada eléctrica en las costillas. Caigo de costado y ruedo, medio atontado y sordo, con fuegos artificiales en el cerebro, y por poco no me rompe la mandíbula con un tercer puntapié genial. Que pifia por centímetros y que la deja unos segundos expuesta y sin equilibrio. Hago en ese instante lo único que puedo: tomo impulso y le tiro el corpachón encima, como una locomotora, bloqueándola para impedir que use sus piernas, sus brazos y sus codos letales. Tenemos aproximadamente la misma estatura, pero la diferencia de peso es contundente y decisiva, y me permite llevármela puesta unos metros y obligarla a que tropiece, resbale y se desplome. Son, una vez más, fracciones de segundos, y si no se aprovechan, todo se pierde: la inmovilizo y le agarro el cuello y comienzo a asfixiarla sobre la alfombra. Se retuerce, usa los trucos clásicos, pero no logra zafarse. "No fue mi intención", me dice, morada y sin fuerza. Pero no es suficiente para mí; sigo apretando mientras ella gime y cierra los ojos, y en ese momento siento una punta helada en la nuca y el sonido inconfundible de una corredera y de una bala entrando en su recámara. "No seas idiota, Remil", escucho. Y a pesar de la emoción violenta, nuevamente reconozco la voz. Y es como un despertar: ¿qué está pasando, qué mierda estoy haciendo? Aflojo y la Tana vuelve a abrir los párpados, y siento en el hombro una mano que me arrastra hacia atrás, y me conmina a levantarme. Al hacerlo, la Tana se incorpora y no se priva de darme un último golpe con el canto de la mano en el cogote y dejarme boqueando, medio grogui de rodillas, agarrado de la cama. Cuando vuelvo a hacer foco, veo a Claudine Le Brun vestida de negro, portando una pistola con silenciador, y a Sandra Coletti examinando su cuello ante el espejo, como si buscara el rastro de un moretón. Vuelvo mis ojos hacia la pistola y Claudine sonríe con todos los dientes: "H&K P7 M8. ¿Te gusta?". Usa un tono frívolo, como si comentara un par de zapatos nuevos. No alcanzo a entender la situación, y mucho menos después de ese último sopapo. "Profesor, así no se trata a una dama —sigue bromeando—. Me extraña en usted, que tiene un tacto tan delicado". Está acodada grácilmente en el respaldo de un sillón del living, desde un espacio que permite dominar toda la estancia, equidistante de los dos adversarios. "Madame Coletti —la llama sin quitarme los ojos de encima—. Sugiero que se apure, no queremos que llegue tarde a Orly". La Tana la mira con desconfianza, estoy seguro de que no la conoce, pero el horno no está para bollos ni para preguntas. Cierra el bolso, se pone al hombro la cartera y arrastra la valija. "Es una enorme falta de consideración, pero no podemos ayudarla con la maleta, madame —agrega Claudine, subiendo el volumen de su voz—. Sabrá disculparnos". Oímos que la Tana encara el pasillo y luego baja y sube dos veces los escalones empinados. Cuando ya no oímos más nada, Claudine me dice, riendo: "¡Te dio una paliza!". Su risa es cristalina. Me froto el pescuezo y hago una señal afirmativa, y ella me mira con ternura, acariciándose la melena enrulada y gris. Después enarca las cejas cómicamente y me muestra la P7 con un signo de interrogación en la cara. Asiento de nuevo, y ella entonces desenrosca el silenciador y mete todo en un bolso liviano que dejó en el piso. Me da una mano para que me ponga de pie, y cuando lo hago, le tuerzo el brazo y la atraigo bruscamente hacia mí. Nos quedamos pegados y en tensión, uno frente al otro, pero ella no pierde ni un instante la sonrisa. "Con esa erección no puedo tomarte en serio", me dice. La suelto y sigo frotándome el cuello y la cara, rencoroso. "No da para una guardia médica, Remil —añade—. Pero podemos tomar una copa y borrar ese regusto amargo, ¿no?". Antes de irnos, ella despabila al coreano, que sigue anestesiado, y sin darle tiempo a nada abre la puerta de vidrio, me invita a salir rápido y para un taxi. No vamos lejos, solo hasta la Plaza de la República. Claudine me arrastra a una farmacia y me compra un relajante muscular. "Es tan bueno como el vodka, y combina muy bien con él", me adelanta, y cuando nos sentamos en la terraza del café más próximo me pide un Smirnoff con hielo y limón. Ella quiere brindar con champagne. Todavía es temprano en París, y la plaza y los bares rebosan de gente dichosa. Nadie nos presta atención. Bebemos sin mirarnos, de cara a esa multitud despreocupada y veraniega. "No lo hicieron tan mal, y de hecho ese jefe tuyo tiene talento —me dice—. Ninguno de los dos sobreviviría en el juego grande, pero conocen su territorio. Como nadie". Choca mi vaso y apena se moja los labios, haciendo durar esa única copa que tomará esta noche. "No creas que no comprendo tu enojo con Pablo —sigue—. Piensa que es Robespierre, y es un chapucero de cuarta categoría. Un aprendiz de brujo. Habrá que convencer a su amigo de que lo devuelva a Buenos Aires. No será fácil, porque a su amigo le encantan los chapuceros y las compañías peligrosas". La miro con curiosidad. "Yo vigilo al que vigila y cuido al cuidador, *chéri*", dice con una nueva sonrisa. Nos bebemos lentamente nuestras copas, y al final me trago el relajante con un vaso de agua. "Tampoco creas no me gustaría follar contigo esta noche, *chéri* —me dice, y me acaricia la mejilla—. La primera vez fue trabajo, la segunda un capricho, pero la tercera podría ser algo riesgoso. Y los fantasmas no tomamos riesgos innecesarios". Nos levantamos para despedirnos, y ella me besa con la boca abierta y me abraza como si realmente me quisiera; recoge su bolso pesado y se pierde entre en el gentío. Como un fantasma.

Con el alta médica, Leandro Cálgaris fue traslado a un centro de recuperación de Pilar, que es custodiado día y noche. Por las mañanas hace ejercicios de rehabilitación y por las tardes toma sol en un jardín de invierno. Lo encuentro allí mismo, en su silla de ruedas, escuchando jazz con sus auriculares y leyendo en inglés un libro de Beevor sobre la batalla de Arnhem. No muestra la menor emoción al verme, pero aparta todo y reclama un informe completo sobre el viaje. Le cuento la reacción de Pablo y le edito mi visita al gimnasio de Coletti, suprimiendo la pelea y la intervención providencial de Claudine. Como el resto de los pacientes están lejos y a Cálgaris se le permite todo en cualquier lugar, recoge su pipa de la mesa, remueve las cenizas con un atacador y la enciende con su mechero especial. El gesto me parece la evidencia de una resurrección.

—¿Qué dicen los doctores? —le pregunto.

—Si me esfuerzo puedo volver a caminar, pero primero con muletas y después con bastón —responde chupando la boquilla—. Si quieren regalarme algo, que sea un bastón de estoque.

—Delo por hecho —sonrío.

—Como ya te habrás dado cuenta, esto no lo hizo el Vasco —dice golpeando el apoyabrazos de la silla—. Y tampoco la Rubia murió en un accidente.

No me atrevo a prender un cigarrillo, así que me quedo muy quieto, esperando que el coronel dé vuelta cada uno de sus naipes.

—Nunca fui un blanco real para Garmedia, ni le habría dado el cuero —matiza, envuelto en humo aromático—. ¿Te acordás del subrogante ese que nos madrugó con la muerte de la Rubia? Me confirmaron hace dos días que es hombre de la Casa. Usaron a canas de la Bonaerense, primero para ese allanamiento relámpago y después para barrerme en el puerto de Olivos. La Casa tercerizó el laburo. Hay antecedentes.

—No puede ser—. Estoy atónito.

—Pero la Casa sigue sin saber qué había en el pendrive. —Ahora el viejo me clava sus ojos grises—. Y hay una sola explicación para eso: no lo encontraron en el departamento de Uruguay porque vos nunca se lo diste.

Respiro ruidosamente, y me paso una mano por la frente:

—Iba a dárselo ese mismo miércoles.

—Eso nunca lo vamos a saber.

—¿Y cómo se enteraron?

—Buena pregunta —acepta—. Nunca antes nos habían espiado, pero desde que manda la Señora 5 acá se rompen todos los códigos. O a lo mejor es algo simple: Maca, pinchada y todo, habló de más. Eso tampoco vamos a saberlo nunca.

Flotan entre nosotros el humo y los malos pensamientos y los sentimientos encontrados.

—Beatriz sabe ganarse a mis hijos —dice con resignación—. Es hábil.

Quisiera oponer algún razonamiento o pedirle perdón, pero no me salen las palabras. El coronel percibe esa impotencia, pero no revuelve la llaga ni me excomulga, ni siquiera me levanta el dedo. Hace algo mucho peor: se encoge de hombros, como si me indultara, y agudiza con ese simple gesto la sensación de que aquella demora fue realmente imperdonable.

—A esa fiesta entraba y salía cualquiera —dice, recordando a Débora Rig—. Y ella enfiestada, siempre en la cornisa. Pan comido.

Siento algo parecido a un mareo. Cálgaris saca del bolsillo de su chaleco de lana un nuevo pendrive y me lo entrega.

—Esta vez quiero que se lo des en mano y que le expliques una cosa: inventar otra Rubia no es tan difícil. Conocemos a muchas. El viernes por la mañana, el Presidente tiene que recibir por escrito su renuncia indeclinable, y el lunes ella tiene que tomarse un avión a Europa. Es una oferta generosa y la señora lo va a saber apreciar. Sobre todo viniendo de un hombre de recursos como yo. Y mucho más ahora, con mi flamante cucarda de víctima. Además, no creo que pueda imaginarse la creatividad que desarrollé en estos días de convalecencia.

Se peina los bigotes amarillentos y contempla la culpa monstruosa que me recorre el vientre y me sube por el esófago y me provoca arcadas.

—Este es el final del camino, Remil —dice para apaciguarme, y en su tono hay una inflexión inédita—. En unos meses arreglamos todo y nos vamos nosotros también. Nuestro tiempo ya pasó. Y hay vida afuera, el sector privado no da abasto. Si alguna vez a todos estos boludos, en un ataque de dignidad, les diera por cerrar los servicios, en este país se haría tanta Inteligencia como siempre, o más que nunca. Porque la droga no es el problema. El problema es la demanda.

Un veterano bien conservado, con una caja barnizada y un tablero plegado bajo el brazo, aparece en el jardín de invierno y saluda al coronel desde la puerta. Cálgaris le sonríe y lo anima a acercarse, y me dice que llegó su compañero de ajedrez. Es un torneo reñido y un asunto de honor. El veterano tiene toda la pinta de ser un excomisario de la Policía Federal. Comprendo que debo retirarme de inmediato. Todavía desde el parque, los veo colocando las piezas e intercambiando ironías. Cuando me encierro en mi 4x4 comienzo a golpear el volante, la guantera, las puertas y los asientos, en un ataque de ira y de culpa que me saca espuma por la boca y me llena los ojos de lágrimas. Después de un largo rato, prendo el motor y regreso a la ciudad.

Es entonces cuando el favorito pide una cita con la reina, que está corriendo en la cinta y jugando simultáneas. Quedamos en su departamento del Palacio de los Patos, pasada la hora de la cena. Noto que me tiemblan las manos, y entonces descorcho el Saint Felicien de Bublik, y me tomo una o dos copas en Belgrano, haciendo tiempo y tratando de atenuar el tormento y amansar a la bestia. Somos todos —quien más quien menos— una casta de malparidos. A las once clavadas saludo a los custodios y toco timbre en su departamento de la calle Ugarteche. Está sola y bebida, recostada en su sofá egipcio, y Frank Sinatra frasea una versión de "Something". Ni siquiera la beso, me siento en el sillón y deposito el pendrive sobre la mesa ratona. Ella le echa un rápido vistazo y me mira con mordacidad. Cuando habla se burla, pero le patina un poco la lengua.

—¡Qué mal! Qué mal cuando papá y mamá se pelean. Pobre mi ángel.

—No, el punto es que mamá quiso matar a papá, Beatriz.

—Los dos tiramos y los dos fallamos.

Se sube el quinto whisky a la boca, y se deleita ruidosamente. Ahora tiene la vista baja:

—Si lo hubiera querido muerto, ¿te pensás que habría zafado? ¿Y me creerías si te dijera que nunca di la orden?

—A veces no hace falta dar ninguna orden, Beatriz.

Ahora levanta la cabeza y se prepara, con pulso vacilante, un cigarrillo.

—Es verdad —admite—. De esto sabés mucho más que yo. Un día vienen y me dicen: la van a ensuciar, señora, tienen una bomba atómica. La jefa del espionaje fulminada por un gato de la televisión. Me volví loca. Destrocé a muchos dirigentes a lo largo de mi carrera, te consta, y de repente estaban usando esos mismos trucos contra mí. Pedí que me la sacaran de encima. Ni pensé demasiado, ni me interesaba cómo.

—Estabas furiosa, asustada... y borracha.

—Hago lo que puedo, Remil —responde, disgustada, y prueba en vano encender el cigarrillo.

—Tratándose de una guerra de servicios, te sugirieron usar otra fuerza.

—Los teníamos agarrados de los huevos a esos exonerados. Se sintieron aliviados de poder hacernos un favor.

—Pero no era suficiente.

—No, porque detrás de esa mina que quemaba gente estaba su autor intelectual. Alguien a quien no le bastaba sacarme de la cancha. Quería borrarme de la faz de la tierra. Date cuenta: era imposible convivir con ese viejo hijo de puta. No me juzgues.

—No te juzgo, estaba bien pensado —le digo con sarcasmo—. Te cargabas al coronel y a mí me ponías a dirigir la Casita, bien adobado y con todo ese verso del futuro.

—No era ningún verso —corta—. Mirá, son ciclos, pero tenía masa crítica y piezas de intercambio para negociar con el próximo gobierno y mantener mi influencia sobre la Casita. Eso para mí era bastante.

—Todo eso se acabó, Beatriz —le anuncio, y le repito literalmente el ultimátum de Leandro Cálgaris. Palabra por palabra.

Me escucha con una cierta congoja, que no parece fingida. Sé que el razonamiento del coronel no tiene grietas, y que los planes de BB naufragaron. Sé, a su vez, que cuando se vea a sí misma en ese documental bochornoso se desmoronará definitivamente. También para ella es el fin del camino. No hace ningún intento por retenerme, ni siquiera prueba una última manipulación emocional. Se queda congelada en esa tumba egipcia, donde ya ni los cigarrillos encienden. Vuelvo a casa y me arrojo vestido sobre la cama, y encaro la primera de las muchas noches en las que permaneceré insomne, atravesando mi propio calvario mental.

Al día siguiente me cuentan los custodios que encontraron nuevamente desvanecida a la Señora 5 y que, saltando una vez más los protocolos, la volvieron a trasladar en una ambulancia a aquel mismo sanatorio coqueto y bien equipado donde la recuperaron del último coma etílico. Esta vez, la ingesta de alcohol no es tan grave; les preocupa mucho más el ácido cianhídrico con olor a almendras amargas. En su dormitorio descubrieron un cuadro en el piso y unos cristales rotos. Belda se llevó a la cama aquella pastilla de cianuro que le habían dado los oficiales montoneros, que la acompañó en toda su militancia y en todo su exilio, que le robaron y le restituyeron los servicios, y que guardó como simpático souvenir revolucionario. El veneno, sin embargo, no surtió efecto. Por el paso del tiempo y a causa de la oxidación y de la luz, se había degradado. El diagnóstico es tranquilizador: sustancia mortal a dosis insuficiente y secuelas bajas. La más molesta de ellas es una extraña diarrea persistente. Aquello que fue heroico hace cuarenta años hoy es solo una cagada. El cianuro, como tantas otras cosas, estaba vencido.

GRACIAS

Al Mozarteum Argentino, que me becó para trabajar dos meses en París, tomando notas y apuntes para esta novela y para otros dos libros.

A Diego Arguindegui, historiador, erudito y rastreador implacable de detalles, que leyó cada palabra del texto y ayudó a expurgarlo de algunas torpezas.

A Daniel López Rosetti, que recibió con entusiasmo mis insólitos pedidos, los estudió con pasión, y luego revisó las partes médicas y farmacológicas de esta peripecia.

A Hernán Lapieza y a Fabián Calle, expertos e intelectuales, que me enseñaron muchas cosas sobre el oficio de Cálgaris y Remil.

A Hugo Alconada Mon, Hernán Cappiello, Jorge Rosales y Ricardo Brom, mis amigos y colegas, que me dieron consejos útiles y fundamentales. También a muchos otros, que estuvieron siempre dispuestos a confirmar o rectificar un dato o una ocurrencia. Son demasiados para nombrarlos aquí, pero ustedes saben que este libro también les debe mucho. Ninguno, salvo el autor, es responsable sin embargo de los eventuales errores. Algunas de sus sugerencias las tomé. Con otras hice valer mi derecho de novelista a ejercer las licencias literarias.

Esta historia, a pesar de ciertas referencias puntuales, es producto de la imaginación. Todos los hechos y personajes son inventados. Muchos de ellos provienen incluso de anteriores aventuras de Remil. La realidad alucinada de toda una época inspiró esta obra, pero la literatura transformó en personas y situaciones de pura ficción.

A Jorge Porta y Guido Valeri, de *Radio Mitre*, y a Fernán Saguier y José del Río, de *La Nación*, que me respaldaron en esta aventura literaria. Y, por supuesto, al talentoso equipo de *Pensándolo bien*, que me hizo el aguante.

A Oscar Conde, el verdadero y único, con quien soñamos a los 14 años estas novelas de espías.

ÍNDICE